Eugen Roth:
So ist das Leben
Verse und Prosa

Deutscher
Taschenbuch
Verlag

dtv

Dieses Buch liegt auch in der Reihe dtv großdruck als Band 2529 vor.

Von Eugen Roth sind außerdem
im Deutschen Taschenbuch Verlag erschienen:
Ernst und heiter (10)
Genau besehen (749)
Eugen Roths Tierleben für jung und alt (1259)
Das Eugen Roth Buch (1592)
Je nachdem (1730)
Spaziergänge mit Hindernissen (10046)
Der Weg übers Gebirg (2545)
Das Schweizerhäusl (2550)

1. Auflage Juni 1973
8. Auflage April 1984: 77. bis 82. Tausend
Deutscher Taschenbuch Verlag GmbH & Co. KG,
München
Lizenzausgabe mit freundlicher Genehmigung des
Carl Hanser Verlags, München
Autorisierte Auswahl aus: ›Das neue Eugen Roth Buch‹
und ›Das Eugen Roth Buch‹
Umschlaggestaltung: Celestino Piatti
Gesamtherstellung: C. H. Beck'sche Buchdruckerei,
Nördlingen
Printed in Germany · ISBN 3-423-00908-X

Das Buch

Wohl selten kann man sich als Leser mit einem Dichter derart identifizieren, wie es bei Eugen Roth der Fall ist. Sein Thema sind alltägliche Begebenheiten, wie sie jeder erleben kann, menschliche Schwächen, von denen keiner frei ist. »Bei Roth brennt der Ofen nicht, sondern geht aus; bei Roth schreibt man der Geliebten im falschen Augenblick das falsche Wort; bei Roth findet man Befriedigung darin, *nicht* mitzumachen. Roth rettet das Bild des Bürgers, indem er darauf beharrt, auch in den sogenannten großen Zeiten über kleine Dinge zu jammern ... Das Vergnügen aber, mit dem man Roths Protest hört, erschöpft sich nicht in der höchst berechtigten Freude am treffenden Ausdruck und am schlagenden Reim. Es hat vielleicht eine noch tiefere Bedeutung. Man spürt: solange ein Mensch Lust und Muße findet, sich so zu beklagen, so lange kann noch nicht alles verloren sein.« (Joachim Kaiser)

Der Autor

Eugen Roth wurde am 24. Januar 1895 in München als Sohn des Schriftstellers Hermann Roth geboren. Im Ersten Weltkrieg erlitt er eine schwere Verwundung. Nach dem Studium (Germanistik, Geschichte und Kunstgeschichte, Dr. phil. 1922) war Eugen Roth bis 1933 als Redakteur an den ›Münchner Neuesten Nachrichten‹ tätig. Bis zu seinem Tod am 28. April 1976 lebte er als freier Schriftsteller in seiner Heimatstadt, die ihm 1952 den Kunstpreis für Literatur verliehen hat. Seine Bücher (u. a. ›Ein Mensch‹ 1935, ›Die Frau in der Weltgeschichte‹ 1936, ›Der Wunderdoktor‹ 1938) sind in Millionen von Exemplaren verbreitet.

Inhalt

Mensch, Unmensch und letzter Mensch

Ein Mensch erblickt das Licht der Welt –
Doch oft hat sich herausgestellt
Nach manchem trüb verbrachten Jahr,
Daß dies der einzige Lichtblick war.

Besorgungen

Ein Mensch geht eines Vormittages,
Gewärtig keines Schicksalsschlages,
Geschäftig durch die große Stadt,
Wo viel er zu besorgen hat.
Doch schon trifft ihn der erste Streich:
Ein Türschild tröstet: »Komme gleich!«
Gleich ist ein sehr verschwommnes Wort,
Der Mensch geht deshalb wieder fort,
Zum zweiten Ziele zu gelangen:
»Vor fünf Minuten weggegangen . . .«
Beim dritten hat er auch kein Glück:
»Kommt in acht Tagen erst zurück!«
Beim vierten heißts, nach langem Lauern:
»Der Herr Direktor läßt bedauern . . .«
Ein überfülltes Wartezimmer
Beim fünften raubt den Hoffnungsschimmer.
Beim sechsten stellt es sich heraus:
Er ließ ein Dokument zu Haus.
Nun kommt der siebte an die Reih:
»Geschlossen zwischen zwölf und zwei!«
Der Mensch, von Wut erfüllt zum Bersten,
Beginnt nun noch einmal beim Ersten.
Da werden ihm die Kniee weich:
Dort steht noch immer: »Komme gleich!«

Phantastereien

Ein Mensch denkt nachts in seinem Bette,
Was er gern täte, wäre, hätte.
Indes schon Schlaf ihn leicht durchrinnt,
Er einen goldnen Faden spinnt
Und spinnt und spinnt sich ganz zurück
In Märchentraum und Kinderglück.
Er möchte eine Insel haben,
Darauf ein Schloß mit Wall und Graben,
Das so geheimnisreich befestigt,
Daß niemand ihn darin belästigt.
Dann möchte er ein Schiff besitzen
Mit selbsterfundenen Geschützen,
Daß ganze Länder, nur vom Zielen,
In gläserne Erstarrung fielen.
Dann wünscht er sich ein Zauberwort,
Damit den Nibelungenhort –
Tarnkappe, Ring und Schwert – zu heben.
Dann möcht er tausend Jahre leben,
Dann möcht er ... doch er findet plötzlich
Dies Traumgeplantsch nicht mehr ergötzlich.
Er schilt sich selbst: »Hanswurst, saudummer!«
Und sinkt nun augenblicks in Schlummer.

Nutzlose Qual

Ein Mensch hat eines Nachts geträumt,
Er habe seinen Zug versäumt,
Und er wacht auf mit irrem Schrei –
Jedoch, es ist erst viertelzwei.
Der Schlaf löst die verschreckten Glieder.
Doch sieh, da plötzlich träumts ihm wieder,
Und er wacht auf mit irrem Schrei –
Jedoch, es ist erst vierteldrei.
Er schmiegt sich wieder in die Kissen,
Da wird aufs neu sein Schlaf zerrissen.
Der Schrei ertönt, der Mensch erwacht –
Und diesmal ist es viertelacht.
Der Zug jedoch pflegt abzugehn
Tagtäglich, pünktlich sieben Uhr zehn.
Moral: Was nützt der schönste Schrecken,
Kann er zur rechten Zeit nicht wecken . . .?

Schicksal

Ein Mensch, verliebt, scheint nah dem Ziele:
Daß *sie* ihm in die Arme fiele!
Doch bleibts ein hoffnungsloser Schwarm:
Das Schicksal fällt ihm in den Arm!

Voreilige Grobheit

Ein Mensch, der einen Brief geschrieben,
Ist ohne Antwort drauf geblieben
Und fängt nun, etwa nach vier Wochen,
Vor Wut erheblich an zu kochen.
Er schreibt, obgleich er viel verscherzt,
Noch einen Brief, der sehr beherzt,
Ja, man kann sagen, voller Kraft,
Ganz ehrlich: äußerst flegelhaft!
Nun nimmt das Schicksal seinen Lauf:
Denn diesen Brief gibt er auch auf!
Die Post wird pünktlich ihn besorgen –
Doch siehe da, am nächsten Morgen
Ist leider, wider alles Hoffen,
Bei ihm die Antwort eingetroffen,
In der von jenem Herrn zu lesen,
Er sei so lang verreist gewesen,
Nun aber sei er wieder hiesig
Und freue sich daher ganz riesig,
Und er – der Mensch – könnt mit Vergnügen
Nach Wunsch ganz über ihn verfügen.
Der Mensch, der mit dem Brief, dem groben,
Sein Seelenkonto abgehoben,
Nein, noch viel tiefer sich versündigt:
Das Los zum Ziehungstag gekündigt,
Schrieb noch manch groben Brief im Leben –
Doch ohne ihn dann aufzugeben!

Verdorbener Abend

Ein Mensch gedenkt, daheim zu bleiben
Und still an seinem Buch zu schreiben.
Da ruft ein Freund an, ausgeh-heiter,
Und möchte ihn als Fest-Begleiter.
Der Mensch lehnt ab, er sei verhindert.
Jedoch sein Fleiß ist schon gemindert.
Indes er wiederum nun sitzt,
Ein graues Heer von Ratten flitzt
Aus allen Winkeln, Ritzen, Rillen,
Um zu benagen seinen Willen.
Gleichzeitig äußert sich auch jetzt
Der Floh, ihm jäh ins Ohr gesetzt,
Daß er die herrlichsten Genüsse
Durch seinen Trotz versäumen müsse.
Geheim vertauscht sich Zeit und Ort:
Halb ist er hier, halb ist er dort,
Und ist schon dort jetzt zu zwei Dritteln.
Er greift zu scharfen Gegenmitteln,
Beschimpft sich, gibt sich selbst Befehle,
Rast gegen seine schwache Seele –
Umsonst; er schleppt zum Schluß den Rest,
Der noch geblieben, auf das Fest.
Jedoch der Rest ist leider schal,
Dem Menschen wird die Lust zur Qual.
Nach Hause geht er bald, bedrückt . . .
Es scheint, der Abend ist mißglückt.

Der Lebenskünstler

Ein Mensch, am Ende seiner Kraft,
Hat sich noch einmal aufgerafft.
Statt sich im Schmerze zu vergeuden,
Beschließt er, selbst sich zu befreuden
Und tut dies nun durch die Erdichtung
Von äußerst peinlicher Verpflichtung.
So ist ihm Reden eine Qual.
Sitzt er nun wo als Gast im Saal,
Befiehlt er streng sich in den Wahn,
Er käm jetzt gleich als Redner dran,
Macht selber Angst sich bis zum Schwitzen –
Und bleibt dann glücklich lächelnd sitzen.
Dann wieder bildet er sich ein,
Mit einem Weib vermählt zu sein,
Das trotz erbostem Scheidungsrütteln
Auf keine Weise abzuschütteln.
Wenn er die Wut, daß sie sich weigert,
Bis knapp zum Mord hinaufgesteigert,
So lacht er über seine List
Und freut sich, daß er ledig ist.
Ein Mensch, ein bißchen eigenwillig,
Schafft so sich Wonnen, gut und billig.

So ist das Leben

Ein Mensch lebt friedlich auf der Welt,
Weil fest und sicher angestellt.
Jedoch so Jahr um Jahr, wenns lenzt,
Fühlt er sich sklavenhaft begrenzt
Und rasselt wild mit seinen Ketten,
Als könnt er so die Seele retten
Und sich der Freiheit und dem Leben
Mit edlem Opfermut ergeben.
Jedoch bei näherer Betrachtung
Spielt er nur tragische Verachtung
Und schluckt, kraft höherer Gewalt,
Die Sklaverei und das Gehalt.
Auf seinem kleinen Welttheater
Mimt schließlich er den Heldenvater
Und denkt nur manchmal noch zurück
An das einst oft geprobte Stück,
Das niemals kam zur Uraufführung.
Und er empfindet tiefe Rührung,
Wenn er die alte Rolle spricht
Vom Mann, der seine Ketten bricht.

Unterschied

Ein Mensch sieht startgerecht Athleten
Zum Wettbewerbe angetreten:
Leicht der Sekunden-Bruchteil-Messer
Beweist, wer schneller lief und besser.
Was macht den Lebenskampf so hart?
Der völlig ungerechte Start!

Immer höflich

Ein Mensch grüßt, als ein Mann von Welt,
Wen man ihm einmal vorgestellt.
Er trifft denselben äußerst spärlich,
Wenns hochkommt, drei- bis viermal jährlich,
Und man begrinst sich, hohl und heiter,
Und geht dann seines Weges weiter.
Doch einmal kommt ein schlechter Tag,
Wo just der Mensch nicht grinsen mag;
Und er geht stumm und starr vorbei,
Als ob er ganz wer andrer sei.
Doch solche Unart rächt sich kläglich:
Von Stund an trifft er jenen täglich.

Der Schäbige

Ein Mensch, den beinah jeder kennt,
Mit einem Wort, der prominent,
Schwärmt ungemein für Menschlichkeit:
Wie edel, gut und hilfsbereit!
Nicht etwa, daß er selbst was stift' –
Doch gibt er seine Unterschrift,
Um auch dem Ärmsten zu bestätigen,
Hier müss' man helfend sich betätigen.

Arbeiter der Stirn

Ein Mensch sitzt kummervoll und stier
Vor einem weißen Blatt Papier.
Jedoch vergeblich ist das Sitzen –
Auch wiederholtes Bleistiftspitzen
Schärft statt des Geistes nur den Stift.
Selbst der Zigarre bittres Gift,
Kaffee gar, kannenvoll geschlürft,
Den Geist nicht aus den Tiefen schürft,
Darinnen er, gemein verbockt,
Höchst unzugänglich einsam hockt.
Dem Menschen kann es nicht gelingen,
Ihn auf das leere Blatt zu bringen.
Der Mensch erkennt, daß es nichts nützt,
Wenn er den Geist an sich besitzt,
Weil Geist uns ja erst Freude macht,
Sobald er zu Papier gebracht.

Weidmanns Heil

Ein Mensch, schon vorgerückt an Jahren,
Entschließt sich dennoch, Schi zu fahren
Und zwar, weil er einmal erfuhr,
Daß in der Freiheit der Natur
Die Auswahl oft ganz unbeschreiblich
An Wesen, welche erstens weiblich
Und zweitens, dies verhältnismäßig
Sehr wohlgestalt und schöngesäßig.
Der Mensch beschließt, mit einem Wort,
Die Häschenjagd als Wintersport.
Doch was er trifft auf Übungshügeln,
Kann seine Sehnsucht nicht beflügeln.
Dort fällt ja stets, seit vielen Wintern,
Das gleiche Volk auf dicke Hintern.
Die Häschen ziehn zu seinem Schmerz
Sich immer höher alpenwärts,
Und sind auch leider unzertrennlich
Vereint mit Wesen, welche männlich.
Der Mensch, der leider nur ein Fretter
Und kein Beherrscher jener Bretter,
Die einzig hier die Welt bedeuten,
Vermag kein Häschen zu erbeuten,
Weshalb er, anstatt Schi zu laufen,
Ins Kurhaus geht, sich zu besaufen.

Die guten Bekannten

Ein Mensch begegnet einem zweiten.
Sie wechseln Förm- und Herzlichkeiten,
Sie zeigen Wiedersehensglück
Und gehn zusammen gar ein Stück.
Und während sie die Stadt durchwandern,
Sucht einer heimlich von dem andern
Mit ungeheurer Hinterlist
Herauszubringen, wer er ist.
Daß sie sich kennen, das steht fest,
Doch äußerst dunkel bleibt der Rest.
Das Wo und Wann, das Wie und Wer,
Das wissen alle zwei nicht mehr,
Doch sind sie, als sie nun sich trennen,
Zu feig, die Wahrheit zu bekennen.
Sie freun sich, daß sie sich getroffen;
Jedoch im Herzen beide hoffen,
Indes sie ihren Abschied segnen,
Einander nie mehr zu begegnen.

Der starke Kaffee

Ein Mensch, der viel Kaffee getrunken,
Ist nachts in keinen Schlaf gesunken.
Nun muß er zwischen Tod und Leben
Hoch überm Schlummerabgrund schweben
Und sich mit flatterflinken Nerven
Von einer Angst zur andern werfen
Und wie ein Affe auf dem schwanken
Gezweige turnen der Gedanken,
Muß über die geheimsten Wurzeln
Des vielverschlungnen Daseins purzeln
Und hat verlaufen sich alsbald
Im höllischen Gehirn-Urwald.
In einer Schlucht von tausend Dämpfen
Muß er mit Spukgestalten kämpfen,
Muß, von Gespenstern blöd geäfft,
An Weiber, Schule, Krieg, Geschäft
In tollster Überblendung denken
Und kann sich nicht ins Nichts versenken.
Der Mensch in selber Nacht beschließt,
Daß er Kaffee nie mehr genießt.
Doch ist vergessen alles Weh
Am andern Morgen – beim Kaffee.

Das Schnitzel

Ein Mensch, der sich ein Schnitzel briet,
Bemerkte, daß ihm das mißriet.
Jedoch, da er es selbst gebraten,
Tut er, als wär es ihm geraten,
Und, um sich nicht zu strafen Lügen,
Ißt ers mit herzlichem Vergnügen.

Das Stelldichein

Ein Mensch, der auf die Liebste lauert,
Muß merken, daß es lange dauert.
In finsterm Auf- und Niederstelzen
Fühlt er die Liebe langsam schmelzen.
Hingegen wächst im Hals ihm, knödlich,
Ein Haß, der grausam, ja, fast tödlich.
Bald plant er, dieses Weib in Wettern
Von Mannszorn kurzweg zu zerschmettern,
Bald, Mitleid mit sich selber spürend,
Ersinnt er Szenen, äußerst rührend.
Bald schwört er, spätestens in zehn
Minuten einfach wegzugehn...
So sind die Weiber: unverläßlich!
Vielleicht ist sie verunglückt, gräßlich?
Stimmt Ort und Zeit denn überhaupt?
Die Lu hätt sich das nie erlaubt...
Der Mensch – erkennt der Liebe Macht nur! –
Harrt aus von sechs Uhr bis halb acht Uhr.
Und jetzt, wo er schon raucht und brenzelt,
Da kommt sie hold herangeschwänzelt,
Sagt leichthin nur: »Entschuldigung!«
Der Mensch, ganz Glück und Huldigung,
Hat still, von ihrem Blick gebändigt,
Den Blumenstrauß ihr ausgehändigt.

Für Wankelmütige

Ein Mensch, der alle Menschen plagt
Und sie um ihre Meinung fragt,
Was sie an seiner Stelle täten,
Steht nun bepackt mit guten Räten
Und ist mit weggeliehnem Ohr
Noch unentschlossner als zuvor.
Denn dies ist seines Unglücks Quelle,
Daß keiner ja an seiner Stelle,
Wo es um die Entscheidung geht,
Von jenen andern wirklich steht,
Nein, daß ein jeder nur die Gründe
Erwogen, falls er dorten stünde.
Der Mensch zieht draus den klaren Schluß,
Daß man sich selbst entscheiden muß.

Der Unentschlossene

Ein Mensch ist ernstlich zu beklagen,
Der nie die Kraft hat, nein zu sagen,
Obwohl ers weiß, bei sich ganz still:
Er will nicht, was man von ihm will!
Nur, daß er Aufschub noch erreicht,
Sagt er, er wolle sehn, vielleicht...
Gemahnt nach zweifelsbittern Wochen,
Daß ers doch halb und halb versprochen,
Verspricht ers, statt es abzuschütteln,
Aus lauter Feigheit zu zwei Dritteln,
Um endlich, ausweglos gestellt,
Als ein zur Unzeit tapfrer Held
In Wut und Grobheit sich zu steigern
Und das Versprochne zu verweigern.
Der Mensch gilt bald bei jedermann
Als hinterlistiger Grobian –
Und ist im Grund doch nur zu weich,
Um nein zu sagen – aber gleich!

Wandlung

Ein Mensch bemerkt oft sehr erbittert
Daß er in was hineingeschlittert
Nun, sagen wir zum Beispiel eben
In dieses sogenannte Leben.
Der Mensch fühlt nunmehr sich berechtigt
Zu fragen, wer wann wen ermächtigt,
Ihn mir nichts, dir nichts, ohne Schonung
In dieses Leibes Erdenwohnung
Und in dies Jammertal der Sünde
Bei Nichtkundmachung triftiger Gründe
Und ungefragt hineinzubannen,
Wieso, zwecks wessen und von wannen?
Geht einem es auf Erden gut,
Er selten solche Fragen tut.
Der Mensch, dem es dahier gefällt
Ist selbstverständlich auf der Welt;
Und erst, wenn einer auf dem Hund
Sucht weltanschaulich er den Grund
Für die Verwandlung: Leben-dürfen
Zum Leben-müssen zu erschürfen.

Beherzigung

Ein Mensch, der sich zu gut erschienen,
Als Vorstand dem Verein zu dienen,
Und der, bequem, sich ferngehalten,
Die Kasse etwa zu verwalten,
Der viel zu faul war, Schrift zu führen,
Kriegt einst der Reue Gift zu spüren.
Sein sechzigster Geburtstag naht –
Wo schreitet wer zur Glückwunschtat?
Tut dies am Ende der Verein?
Nur für ein unnütz Mitglied? Nein!
Kein Ständchen stramm, kein Festprogramm,
Auch kein Ministertelegramm,
Kein Dankesgruß der Bundesleitung
Und keine Zeile in der Zeitung.
Wird etwa gar dann sein Begräbnis
Ihm selbst und andern zum Erlebnis?
Sieht man dortselbst Zylinder glänzen?
Schwankt schwer sein Sarg hin unter Kränzen?
Spricht irgendwer am offnen Grabe,
Was man mit ihm verloren habe?
Entblößt sich dankbar eine Stirn?
Läßt eine Hand im schwarzen Zwirn
Auf seinen Sarg die Schollen kollern
Bei Fahnensenken, Böllerbollern? –
An seinem Grab stehn nur der Pfarrer
Und die bezahlten Leichenscharrer.
Der Mensch, der dies beschämend fand,
Ward augenblicks Vereinsvorstand.

Nur Sprüche

Ein Mensch erklärt voll Edelsinn,
Er gebe notfalls alles *hin*.
Doch eilt es ihm damit nicht sehr –
Denn vorerst gibt er gar nichts *her*.

Bücher

Ein Mensch, von Büchern hart bedrängt,
An die er lang sein Herz gehängt,
Beschließt voll Tatkraft, sich zu wehren,
Eh sie kaninchenhaft sich mehren.
Sogleich, aufs äußerste ergrimmt,
Er ganze Reihn von Schmökern nimmt
Und wirft sie wüst auf einen Haufen,
Sie unbarmherzig zu verkaufen.
Der Haufen liegt, so wie er lag,
Am ersten, zweiten, dritten Tag.
Der Mensch beäugt ihn ungerührt,
Und ist dann plötzlich doch verführt,
Noch einmal hinzusehn genauer –
Sieh da, der schöne Schopenhauer...
Und schlägt ihn auf und liest und liest,
Und merkt nicht, wie die Zeit verfließt...
Beschämt hat er nach Mitternacht
Ihn auf den alten Platz gebracht.
Dorthin stellt er auch eigenhändig
Den Herder, achtundzwanzigbändig.
E. T. A. Hoffmanns Neu-Entdeckung
Schützt diesen auch vor Zwangs-Vollstreckung.
Kurzum, ein Schmöker nach dem andern
Darf wieder auf die Bretter wandern.
Der Mensch, der so mit halben Taten
Beinah schon hätt den Geist verraten,
Ist nun getröstet und erheitert,
Daß die Entrümpelung gescheitert.

Seltsam genug

Ein Mensch erlebt den krassen Fall,
Es menschelt deutlich, überall –
Und trotzdem merkt man, weit und breit
Oft nicht die Spur von Menschlichkeit.

Der Flegel

Ein Mensch muß Nerven arg verschleißen,
Um unter Menschen Mensch zu heißen.
Ein Unmensch ist sich roh bewußt,
Daß Höflichkeit nur Kraftverlust.
Er lebt – und mit ihm viele heute –
Drum von den Nerven andrer Leute.

Der Knicker

Ein Mensch ist nie mehr Operngast:
Die Singerei ist ihm verhaßt.
Ja, lieber stürb er – wie er schwört –
Als daß er solchen Schmarrn anhört.
Da ruft wer an, es seien zwei
Billette für den Abend frei.
Der Mensch nicht lange sich bedenkt:
Das sind ja dreißig Mark, geschenkt!
Fernmündlich sucht er nach dem zweiten,
Der willig wär, ihn zu begleiten,
Begnügt sich mit der Tante schließlich,
Die zusagt, wenn auch nur verdrießlich.
Weit draußen holt – die Zeit ist knapp –
Er schwitzend sich die Karten ab,
Rennt ins Theater, wo er sieht:
Statt »Freischütz« gibt man »Waffenschmied«.
Er sitzt nun, kämpfend mit dem Schlaf,
Drei Stunden, mäuschenstill und brav
Und rechnet insgeheim sich aus:
Was kommt als Stundenlohn heraus?
Der Mensch, ganz ohne Kunstgenuß,
Bereut durchaus nicht den Entschluß,
Den er für recht schon deshalb hält,
Daß ja nichts umkommt auf der Welt.

Frisch gewagt – –

Ein Mensch, an sich ein Mann der Tat,
Erblickt ein Riesen-Inserat:
»Gesucht wird *die* Persönlichkeit!
Dynamisch, fit, einsatzbereit!
Noch nicht gebunden durch Familien
Und höchst erfahren in Textilien;
Mit Auslandspraxis, Texterprobe,
Takt, Führerschein und Garderobe...
Und – höchstens dreißig Jahre alt!
Geboten: Spesen, Festgehalt,
Provision – und eigner Wagen!
Sofort handschriftlich zu erfragen...«
Der Mensch liests kurz und legt es weg:
»Das hat für mich wohl keinen Zweck!
Die suchen einen Wundermann,
Den möcht ich sehn, der all das kann!«
Ein Unmensch denkt: »Das ist mir schnuppe –
Wir essen ja auch nie die Suppe
So glühend heiß, wie wir sie kochen –
Und hier wird allerhand versprochen!«
Er läßt es den Versuch sich kosten –
Und siehe da: er kriegt den Posten!

Lebenslauf

Ein Mensch schläft unter Sorgen ein:
Ein schwerer Tag wird morgen sein!
Doch es geht gut – sein Herz schlägt frei:
»Das wäre wieder mal vorbei!«
Das nächstemal, zum Jubelfeste,
Begrüßt der Mensch die lieben Gäste.
Sie bleiben da bis früh um drei:
»Das wäre wieder mal vorbei!«
Zuletzt trägt man ihn fort im Sarg.
Die Leute tun, als wär das arg
Und denken, trotz der Heuchelei:
»Das wäre wieder mal vorbei!«

Der Besuch

Ein Mensch kocht Tee und richtet Kuchen:
Ein holdes Weib wird ihn besuchen –
Der Kenner weiß, was das bedeutet!
Ha, sie ist da: es hat geläutet.
Doch weh! Hereintritt, sonngebräunt
Und kreuzfidel ein alter Freund,
Macht sichs gemütlich und begrüßt,
Daß Tee ihm den Empfang versüßt;
Und gar, daß noch ein Mädchen käm
Ist ihm, zu hören, angenehm
Und Anlaß zu recht rohen Witzen.
Der arme Mensch beginnt zu schwitzen
Und sinnt, wie er den Gast vertreibt,
Der gar nichts merkt und eisern bleibt.
Es schellt – die Holde schwebt herein:
Oh, haucht sie, wir sind nicht allein?!
Doch heiter teilt der Freund sich mit,
Daß er es reizend find zu dritt.
Der Mensch, zu retten noch, was bräutlich,
Wird aus Verzweiflung endlich deutlich.
Der Freund geht stolz und hinterläßt
Nur einen trüben Stimmungsrest:
Die Jungfrau ist zu Zärtlichkeiten
Für diesmal nicht mehr zu verleiten.

Tücke

Ein Mensch wird eines schönen Tages
Zwecks Vorbesprechung des Vertrages
Ins feinste Restaurant gebeten. –
Von sich aus hätt ers nie betreten.
Der Gastgeb, als ein Mann von Welt,
Das beste, teuerste bestellt,
Daß sich der Mensch dran tue gütlich.
Gemütlos, gibt er sich gemütlich
Und meint, hier rede sichs bequemer. –
Kein Unter-Mensch, nur Unter-Nehmer,
Weiß er, beim ersten Vorsicht-Zaudern,
Leicht die Bedenken wegzuplaudern;
Der Mensch nun glaubt, – worin er irrt –,
Daß einer, der ihm hier als Wirt
So reinen Wein hat eingeschenkt,
Gewiß an Lug und Trug nicht denkt.
Der Mensch läßt sich, durch ein paar Pullen
In süße Zukunftsträume lullen.
Und gibt – nur weil sichs grad so trifft –
Gern seine kleine Unterschrift.
Er wirds sein Lebtag nicht vergessen:
Das war ein teures Abendessen!

Wunderlich

Ein Mensch kanns manchmal nicht verstehn,
Trifft ein, was er vorausgesehn.

Finstere Geschichte

Ein Mensch führt, zu gegebnen Fristen,
Brav über andre Menschen Listen.
Ein zweiter Mensch ersieht aus diesen,
Daß dies und jenes sei erwiesen.
Ein dritter, ohne weitres Rühren,
Muß drüber wieder Listen führen.
Ein vierter, sonst nicht ohne Seele,
Verfährt damit nach dem Befehle.
Ein fünfter, selbst nur noch Maschine,
Tut seine Pflicht mit kalter Miene.
Sein winzig Stücklein macht ein sechster
Nun hat den Eindruck schon ein nächster,
Es handle sich bei dem Gelichter
Um ausgemachte Bösewichter,
Die er mit gutem Grunde haßt,
Und listenmäßig streng erfaßt.
Ganz wenig nur tut nun ein achter:
Bei ein paar Namen Häkchen macht er.
Ein neunter, ohne Zeitverlieren,
Läßt diese Namen liquidieren.
Daß auftragsmäßig dies geschehn
Stellt sachlich fest nun Nummer zehn.
Ein elfter nimmt es zu den Akten.
Und so wird aus dem Mord, dem nackten,
Ein Dreh, bei dem man nie entdeckt,
Wo eigentlich der Mörder steckt.

Zu spät

Ein Mensch, den nicht der Tanz mehr freute,
Nur nach der Pfeife andrer Leute,
Fühlt jäh den Vorsatz in sich reifen,
In Zukunft lieber selbst zu pfeifen.
Er tats – bis er, zu spät, begriff:
Er kam nicht auf den rechten Pfiff!
Die Mühe ist für den vertan,
Ders nicht gelernt von Jugend an.

Baupläne

Ein Mensch, von Plänen wild bewegt,
Hat hin und her sich überlegt,
Wie er, es koste, was es wolle,
Sein hübsches Häuschen bauen solle,
Hat, prüfend Dutzende Entwürfe,
Geschwankt, wer es ihm bauen dürfe
Und wo es in der weiten Welt
Am besten würde aufgestellt:
In das Gebirg? An einen See?
Dem Menschen tut die Wahl zu weh,
So daß er Frist um Frist versäumt;
Das nette Häuschen bleibt geträumt.
Ein Unmensch, auf den nächsten Fleck
Setzt kurz entschlossen seinen Dreck.
Der ganzen Welt ist es ein Graus –
Doch immerhin, er hat sein Haus.

Traurige Geschichte

Ein Mensch, der schon geraume Zeit
Geübt hat Treu und Redlichkeit
Glaubt gern (wir hättens auch gedacht),
Daß Übung noch den Meister macht.
Jedoch bemerken wir betrübt,
Der Mensch hat nicht genug geübt,
Und kaum, daß er daneben tappt,
Hat ihn das Schicksal schon geschnappt
Und läßt sich gleich mit voller Wucht aus:
Der Mensch, der arme, kommt ins Zuchthaus.
Ein Unmensch übt, voll niedrer Schläue,
Nur Lumperei anstatt der Treue
Und bringt es hier, aus eigner Kraft,
Zu ungeahnter Meisterschaft.
Und siehe da, ihm geht nichts krumm:
Er läuft noch heute frei herum.

Unangefochten

Ein Mensch ist nie von Argwohn frei,
Ob er am End ein Unmensch sei.
Doch ist ein Unmensch, ungebeugt,
Daß er ein Mensch sei, überzeugt.

Immer dasselbe

Ein Mensch vor einer Suppe hockt,
Die ihm ein Unmensch eingebrockt.
Er löffelt sie, gewiß nicht froh –
Der Unmensch, der ist, wer weiß wo
Und hofft, man würd' auf ihn vergessen.
Kaum ist die Suppe ausgefressen,
Kommt er zurück von ungefähr,
Als ob er ganz wer andrer wär
Und brockt, bescheiden erst und klein,
Die nächste Suppe wieder ein.
Der Mensch, machts auch der Unmensch plump,
Sieht nicht: Es ist der alte Lump!
Bis ihm vom Auge fällt die Schuppe,
Sitzt er vor einer neuen Suppe!

Rarität

Ein Mensch sieht bald, wie selten ist
Ein grundgescheiter Optimist.
Ja, kluge Nörgler, dumme Hoffer –
Mit denen füllt man ganze Koffer!

Wunsch und Begierde

Ein Mensch, der eines Tags entdeckt,
Daß jeder Wunsch nur Wünsche heckt,
Will, seinen Frieden zu verbürgen,
Von nun an jeden Wunsch erwürgen.
Schon naht ein Wünschlein, ahnungslos,
Klopft höflich an, tut gar nicht groß
Und wartet still, ob mans erfülle.
Der Mensch, mit wütendem Gebrülle,
Fährt auf und macht ihm ohne Grund
Den fürchterlichsten Schweinehund:
Er hab es satt, dies ewige Betteln,
Er werde sich nicht mehr verzetteln,
Er kenne schon die Wunsch-Schlawiner,
Die kommen, als ergebne Diener
Und, kaum daß man sie eingelassen,
Leichtsinnig Hab und Gut verprassen.
Der Wunsch, im Innersten gekränkt,
Hat sich jedoch darauf beschränkt,
Dies unverzeihliche Geläster
Zu melden seiner großen Schwester.
Frau Gier hört sich die Sache an
Und denkt sich: »Wart, du Grobian!«
Sie putzt sich auf und schminkt sich grell;
Der Mensch verfällt ihr äußerst schnell,
Ruiniert sich, um sie zu erweichen –
Doch sie tut weiter nicht dergleichen.
So rächt das abgefeimte Luder
Das Unrecht an dem kleinen Bruder.

Unerwünschte Belehrung

Ein Mensch, dems ziemlich dreckig geht,
Hört täglich doch, von früh bis spät,
Daß ihm das Schicksal viel noch gönnte
Und er im Grunde froh sein könnte;
Daß, angesichts manch schwererer Bürde
Noch der und jener froh sein würde,
Daß, falls man etwas tiefer schürfte,
Er eigentlich noch froh sein dürfte;
Daß, wenn genau mans nehmen wollte,
Er, statt zu jammern, froh sein sollte,
Daß, wenn er andrer Sorgen wüßte,
Er überhaupt noch froh sein müßte.
Der Mensch, er hört das mit Verdruß,
Denn unfroh bleibt, wer froh sein muß.

Optische Täuschung

Ein Mensch sitzt stumm und liebeskrank
Mit einem Weib auf einer Bank;
Er nimmt die bittre Wahrheit hin,
Daß sie zwar liebe, doch nicht ihn.
Ein andrer Mensch geht still vorbei
Und denkt, wie glücklich sind die zwei,
Die – in der Dämmrung kann das täuschen –
Hier schwelgen süß in Liebesräuschen.
Der Mensch in seiner Not und Schmach
Schaut trüb dem andern Menschen nach
Und denkt, wie glücklich könnt ich sein,
Wär ich so unbeweibt allein.
Darin besteht ein Teil der Welt,
Daß andre man für glücklich hält.

Verkappter Unmensch

Ein Mensch hat oft was wollen wollen,
Was nie er hätte sollen sollen:
Mitmenschen etwa glatt ermorden,
Nur, weil sie ihm zu fad geworden.
Doch hielt – zu unser aller Glück! –
Ihn Feigheit vor der Tat zurück,
Ja, er vermieds, auch nur zu sprechen
Von dem geträumten Schwerverbrechen.
Die Welt erfuhr es darum nicht,
Daß er im Grund ein Bösewicht.
Und lebenslang hat, unbescholten,
Er ihr als guter Mensch gegolten.
Derart verkappte Teufel laufen
Herum als Engel, ganze Haufen.
Wär ihre Bosheit nicht vergebens –
Kein Mensch wär sicher seines Lebens!

Kleinigkeiten

Ein Mensch – das trifft man gar nicht selten –
Der selbst nichts gilt, läßt auch nichts gelten.

Ein Mensch, der was geschenkt kriegt, denke:
Nichts zahlt man teurer als Geschenke!

Ein Mensch wollt immer recht behalten:
So kams vom Haar- zum Schädelspalten!

Ein Mensch erkennt: 's ist auch den Guten
Mehr zuzutraun als zuzumuten.

Ein Mensch fühlt oft sich wie verwandelt,
Sobald man menschlich ihn behandelt!

Die Uhr

Ein Mensch – das ehrt den treuen frommen –
Läßt nie auf seine Uhr was kommen,
Die seit dem Tag, da er gefirmt,
Ihn und sein Tagewerk beschirmt.
Wo er auch ist, macht er sich wichtig:
Er selbst und seine Uhr gehn richtig.
Doch plötzlich frißt die Uhr die Zeit
Nicht mit gewohnter Pünktlichkeit.
Der Mensch erlebt die bittre Schmach,
Daß man ihm sagt, die Uhr geht nach.
Da wird ihm selbst, der immer nur
Genau gelebt hat, nach der Uhr,
Erschüttert jegliches Vertrauen:
Er kann die Zeit nicht mehr verdauen!

Der Schütze

Ein Mensch ging durch die Jahrmarktsbuden,
Wo Mädchen ihn zum Schießen luden:
»Drei Schuß«, so rief es, »eine Mark!«
Der Mensch legt an – er zittert stark –,
Doch reihen nah auf dem Gebälke
Ganz dicht sich Rose, Tulpe, Nelke.
Die Rose, die der Mensch gewählt,
Die hat er allerdings verfehlt;
Durch Zufall aber kam zu Fall
Die Nelke bei dem falschen Drall.
Schuß zwei: die diesmal nicht sein Ziel,
Die Rose, aus dem Gipsschaft fiel.
Beim dritten Schuß brach eine Tulpe,
Die nicht gemeint war, aus der Stulpe.
Der Mensch ging stolz, papierbeblümt
Und hat als Schütze sich gerühmt:
Als hätte er auf das gezielt,
Was ihm das Glück nur zugespielt.

Kontaktlos

Ein Mensch mag noch so wertlos sein –
Er ist doch nicht nur tauber Stein:
Hat er nicht gleich ein goldnes Herz,
Ein bißchen führt ein jeder Erz:
Seis Silber, Kupfer, Eisen, Zinn,
Ja, seis nur Blei – es steckt was drin.
Jedoch kein Mensch, obwohl er dürft,
In andern Menschen tiefer schürft,
Weil er von vornhinein betont,
Daß sich der Abbau wohl nicht lohnt.

Talent und Genie

Ein Mensch genießt zwar allgemein
Das Lob, ein heller Kopf zu sein.
Doch glänzt – merkt ein genauer Kenner –
Er mäßig nur, als Dauerbrenner.
Ein andrer Mensch ist oft verdunkelt;
Doch wenn er einmal plötzlich funkelt,
Dann leuchtet er auch weltenweit. –
Das macht: der Mensch ist blitzgescheit!

Der Unmusikalische

Ein Mensch läg gerne schon im Bett –
Doch endlos zirpt noch ein Quartett.
Der Mensch, der nichts davon versteht,
Harrt stumm, daß es zu Ende geht.
Nur wenn mit schwitzend schnellen Händen
Die Künstler ihre Blätter wenden,
Sucht er, ganz heimlich, zu erschielen,
Wie lang die Viere wohl noch spielen.
Er horcht, wie sie in Trillern waten
Und breit sich stürzen in Fermaten,
Bald kühn sich auf die Spitze geigen,
Bald furchtlos in die Tiefen steigen
Und oft, aufs äußerste verwirrt,
In Labyrinthe, weit verirrt,
Doch tönetastend, gleich den Blinden
Sich zaubrisch neu zusammenfinden.
Fast wirds dem Menschen schon Genuß –
Da sind sie unverhofft am Schluß.
Der Mensch, daheim, noch vor dem Schlafen,
Denkt voller Achtung an die Braven,
Und sinnt, geraume Zeit, im Hemd,
Wie ihm Musik, an sich zwar fremd,
Doch diese Vier fast nahe brachten,
Die sie so kunstgeläufig machten.

Der Fernruf

Ein Mensch, vom Telefon gestört,
Fährt aus dem Schlummer, höchst empört.
Zwar seine Neugier ist schon groß:
Vielleicht ist wirklich etwas los?
Doch tapfer fährt er fort zu schlafen
Und mit Verachtung den zu strafen,
Der ihn möcht bringen aus der Ruh...
Du Lümmel, lallt er, läut nur zu!
Der tuts auch, zu des Schläfers Qual
Zum zweiten- und zum drittenmal.
Der Mensch denkt, ob er, wenn er träumt,
Am End' nicht großes Glück versäumt?
Ein hoher Gönner lädt ihn ein,
Ein Mädchen sucht ein Stelldichein,
Kurz, Möglichkeiten, daß ihn schaudert:
Verbrechen ist es, wenn er zaudert!
Hinstürzt er wild, von Angst bedrängt –
Da hat der andre abgehängt!

Illustrierte

Ein Mensch, der sich die laute Welt,
Wo es nur geht, vom Leibe hält,
Sieht voller Abscheu, wie sie giert
Nach Wochenblättern, illustriert.
Nie kommt ihm solcher Schund ins Haus!
Er schwörts – und hälts auch tapfer aus,
Trotz wilder Werbung der Verleger.
Ja, selbst beim Zahnarzt, Haarepfleger,
Läßt er, getreu dem mene tekel,
Die Hefte liegen, voller Ekel.
Jedoch, des Teufels List ist groß:
Im Schnellzug lockt ein ganzer Stoß,
Wie ihn ein fremder Herr durchblättert
Und dann beim Fortgehn hingeschmettert.
Die Fahrt ist lang, die Fahrt ist lang...
Es wächst die Lust, sie wird zum Zwang:
Sollt er, statt gähnend dazusitzen,
Nicht flüchtig in die Blätter spitzen?
Sein Widerstand muß sich verringern:
Schon kribbelts ihn in allen Fingern.
Warum denn nicht? Er tuts gewiß
Nur, um zu nehmen Ärgernis.
Der Mensch, er schaut, er liest – zuletzt
Beim Krimi heißts: »Wird fortgesetzt!«
Der Mensch – kaum kommt er an – muß laufen,
Die jüngste Nummer sich zu kaufen.

Wohlstand

Ein Mensch läßt sich vom Scheine trügen
Und wähnt, das Leben sei Vergnügen.
Er hat sichs auch so eingerichtet,
Wie sich die Welt das Glück erdichtet:
Er ißt das Beste, trinkt und raucht,
Hat Rundfunk, Fernsehn, was man braucht;
Ja, mehr, als je er durft erwarten:
Er hat ein Haus mit einem Garten,
In schönster Gegend, beinah ländlich.
Und einen Wagen, selbstverständlich.
Auch ist, denn er hat klug gewählt,
Er durchaus angenehm vermählt.
Was soll ihm lästigs Kinderrudel?
Er hält dafür sich einen Pudel.
Er ist, der Leser merkt es schnell,
Für Null-acht-fünfzehn das Modell,
Sowohl daheim wie in den Ferien,
Wie's herstellt heut die Welt in Serien.
Der Mensch, so satt und matt und platt,
Ist stolz auf alles, was er *hat*.
Doch hat auf *Unheil* oft die Welt
Jäh die Erzeugung umgestellt –
Und sie verschleudert ganze Berge:
Glückspilze, Hausbars, Gartenzwerge,
Den eitlen Wirtschaftswunder-Mist:
Der Mensch muß zeigen, wer er *ist!*

Kunst

Ein Mensch hält an dem Grundsatz fest,
Daß über Kunst sich streiten läßt.
Er widersteht den Avantgarden
Und ihren wortgewandten Barden.
(Modern sein kann heut jeder gut –
Altmodisch sein: dazu brauchts Mut!)
Selbst jung, hat er sich zu den jungen
Expressionisten durchgerungen
Und meint, er habe es geschafft.
Jedoch mit neuer Schöpferkraft
Beginnen nunmehr die Tachisten
Picasso selbst mit auszumisten.
Der Mensch beflügelt seinen Schritt
Und wirklich kommt er grad noch mit.
Wild schreit die Avantgarde: »Patzer!«
Und ritzt in leere Flächen Kratzer.
Der Mensch, nur daß er sei modern,
Beschwört, er sehe so was gern.
Die Jüngsten halten das für Dreck
Und lassen selbst die Kratzer weg.
Der Mensch muß arg sich überwinden,
Um das als Kunst noch zu empfinden.
Er stellt, um ja nicht zu erlahmen,
Sich brav vor leere Bilderrahmen:
Ein bißchen scheints ihm übertrieben –
Schon gilt er als zurückgeblieben.

Menschen-Ruhm

Ein Mensch kriegt eines Tags den Wahn,
Er fang, berühmt zu werden, an.
Doch merkt er seinen Irrtum leicht,
Wenn er mit andern sich vergleicht:
Zu dreizehntausend Mark reißt hin
Pro Abend eine Sängerin
Kaum weiß sich ein Tenor zu retten
Vorm Angebot an Bühn- und Betten.
Und alle Leute beten an
Den Neger, der trompeten kann. –
Zu schweigen von der Riesenhetz,
Stieß wer den Fußball wo ins Netz,
So daß, die Augen ganz verglast,
Die Menge vor Begeistrung rast.
Der Mensch sieht jäh sein armes Rühmchen
Verwelken wie ein Mauerblümchen.

Nur nicht ärgern!

Ein Mensch kommt gradeswegs aus Essen,
– Lang ist im Wagen er gesessen –,
Vorbei an Duisburg, Köln und Bonn
Todmüd am Abend nach Heilbronn.
Ein Telegramm liegt im Hotel:
Nach Duisburg kommen, bitte, schnell!
Der Mensch fährt nun das ganze Stück,
Am andern Tage brav zurück...
Dann strebt, vorbei an Köln und Bonn,
Er wieder eilig nach Heilbronn.
Er ist noch auf den Treppenstufen –
Schon heißts: »Sie sind von Köln gerufen!«
Verfluchend Himmel, Erd und Hölln,
Fährt er nun wiederum nach Köln,
Und dann, vorüber rasch an Bonn,
Zum drittenmale nach Heilbronn.
Er ist noch gar nicht richtig dort,
Schon heißt es: »Bonn braucht Sie, sofort!«
Der Mensch – jedoch genug davon:
So ähnlich gings uns allen schon...

Geben und Nehmen

Ein Mensch, der, um vergnügt zu leben
Sein Geld verschwendrisch ausgegeben
Hat dabei außerdem erfahren
Wie freundlich alle Leute waren.
Nun hofft er, mittels geistiger Waffen
Sich wieder welches zu beschaffen
Wobei den Eindruck er gewinnt,
Daß alle Leute scheußlich sind.
Er muß zur Wahrheit sich bequemen,
Daß Geben seliger macht denn Nehmen.

Der Gutmütige

Ein Mensch gilt auf der Welt als gut,
Wenn er, was andre wollen, tut
Und, weil er sich nach ihnen richtet,
Auf das, was selbst er will, verzichtet.
Oft wird ihm seine Dummheit klar –
Doch Menschlichkeit ist unheilbar.

Partys

Ein Mensch war überall dabei,
Wos galt, zu hörn den letzten Schrei.
Dem Klüngel er sich stets gesellte,
Der allerjüngste Kunst ausstellte,
Man sah zu jedem Geist-Verzapfen
Sogar durch Schnee und Eis ihn stapfen.
Es waren immer nur die Gleichen
Beim Pfötchen- und beim Brötchenreichen.
Doch plötzlich hat der Mensch entdeckt:
Er will ja gar nicht Schmus mit Sekt!
Er ließ sich nicht mehr überlisten,
Zu machen andern den Statisten,
Die nur bedürfen all der vielen,
Damit sie große Rollen spielen.
Der Mensch ist nun daheimgeblieben –
Ein Jahr, dann war er abgeschrieben.
Er schmollt, er grollt, er ärgert sich:
Kein Mensch mehr kümmert sich um mich!

Hoffnungen

Ein Mensch, der eben auf gut Glück
Versandte ein Theaterstück,
Erwartet nunmehr Tag für Tag
Gespannt die Antwort vom Verlag.
Die Träume schweifen weit, die kühnen,
Und rechnen schon mit tausend Bühnen,
Sie werden dreist und immer dreister.
Man wird ihm schreiben: »Hoher Meister...«
Was, schreiben – drahten wird man gleich:
»Erbitten Rechte ganzes Reich!«
Nur manchmal denkt der Mensch beklommen,
Die Antwort müßte rascher kommen.
Jedoch, mit Träumen so gefüttert,
Bleibt sein Vertrauen unerschüttert.
Sehr plötzlich liegt dann auf dem Tisch
Sein Drama nebst gedrucktem Wisch:
»Man habe für die p. p. Sendung
Hochachtend leider nicht Verwendung,
Womit jedoch in keiner Richtung
Man zweifle an dem Wert der Dichtung!«
Der Mensch, der eben noch im Geist
Und Flugzeug nach Berlin gereist,
Um zu erobern sich die Welt –
Notlandet schlicht auf freiem Feld.

Ungleiches Maß

Ein Mensch, nicht willens, seine Freuden
Mit andern Menschen zu vergeuden,
Verzehrt allein sie, weltvergessen:
Fett macht, so denkt er, selber essen!
Doch seine Leiden, sie zu heilen,
Sucht gern mit allen er zu teilen,
Und macht die Welt mit üblem Schwatz
Zu seinem Schuttabladeplatz.
Kaum ist er drum wo aufgetaucht,
Ahnt jeder schon, er wird mißbraucht
Und Nachbar, Vetter und Kollege
Gehn ihm, wenn möglich, aus dem Wege.
Nun zeigt er sich im Klagen groß:
»Wie ist die Welt doch teilnahmslos!«

Das schöne Wetter

Ein Mensch liest froh durch vierzehn Tage:
»Fortdauer der Schönwetterlage!«
Kein Wölkchen rings den Himmel rändert:
Der Hochdruck, heißt's, bleibt unverändert.
Nach Regen lechzt die welke Welt –
Jedoch: »Das schöne Wetter hält!«
Und noch nach sieben Dürre-Wochen:
»Schönwetterlage ungebrochen!«
Das Land glüht wie ein Bäckerofen,
Rings lauter Hitze-Katastrophen –
Jetzt endlich: erstes Blitzgeschmetter!
Die Zeitung schreibt: »Es wird schlecht Wetter!«

Der Wunderdoktor

Der Humorist, meist selbst nicht heiter,
Gibt Frohsinn nur an andre weiter.
Die Wissenschaft, die kaum je irrt,
Nennt so was einen Zwischenwirt.

Lauter Doktoren

Ein kleiner Unfall ist geschehn:
Rasch heißts nach einem Doktor sehn!
Das ist nicht schwer – die Welt ist klug,
Doktoren gibt es grad genug!
Der erste, den man rufen will,
Ist leider nur ein Dr. phil.,
Der zweite, welcher helfen soll,
Ist ausgerechnet ein rer. pol.,
Der dritte, dem man auf der Spur,
Stellt sich heraus als Dr. jur.
Der vierte ist ein Dr.-Ing.,
der fünfte, endlich, medizin'sch.
Doch schlimmer als ein Erzquacksalber:
Er ist nur Dr. ehrenhalber!

Schnittiges

Wir scheuen alle zwar das Messer –
Doch Scherereien sind nicht besser.

Chirurgie

Wenn wer (damit es sich nicht sträubt)
Sein Opfer erst einmal betäubt,
Sich Geld verschafft dann mit dem Messer,
So ist das sicher ein Professer.
Die Operation gelingt
Dem Arzt von heute unbedingt.
Kommt gar der Patient davon,
Ists für den Doktor schönster Lohn –
Weil beiden Freude dann gebracht
Der gute Schnitt, den er gemacht.

Frage

Wir nehmen gern die Weisheit an:
Was Gott tut, das ist wohlgetan!
Nur ist uns häufig nicht ganz klar,
Ob Er es denn auch wirklich war!

Herz

Leicht fiel' das Herz uns in die Hosen,
Würd es nicht auf das Zwerchfell stoßen.
Gefährlich, gar in unsern Tagen,
Ists, auf der Zunge es zu tragen.
Man lasse es noch bestenfalls,
Aus Angst wohl klopfen bis zum Hals
Und nehms, wenn man das nötig fände,
Mit Vorsicht fest in beide Hände!
Doch hat dies alles wenig Zweck:
Man laß es auf dem rechten Fleck!

Hautleiden

Oft führ man gern aus seiner Haut,
Doch, wie man forschend um sich schaut,
Erblickt man ringsum lauter Häute,
In die zu fahren auch nicht freute.
Hätt sich auch einer selbst erspürt
Als Narr, wo ihn die Haut anrührt,
Er bleibt, nach flüchtigem Besinnen,
Doch lieber in der seinen drinnen!

Auf der Reise

Schon schlimm genug, wenn sich daheim
Entwickelt einer Krankheit Keim,
Wo du, um etwas auszubrüten,
Das eigne Bett nur brauchst zu hüten. –
Doch scheußlicher, wenn in der Fremden,
Wo du beschränkt an Geld und Hemden,
In, beispielsweise, Wolfenbüttel,
Dich jäh erfaßt ein Frostgeschüttel,
Wenn dir in Schneizelreuth, in Krünn,
Wird gar der Lebensfaden dünn;
Vielleicht fällts grad in Schwarzenstein
Der häßlichsten der Parzen ein,
Dir – Gottlob ohne langes Leiden –
Besagten Faden abzuschneiden.
Vergebens du dem Schicksal grolltest,
Liegst du nun, wo du gar nicht wolltest,
Jetzt unterm Marmor oder Tuffstein
In Berchtesgaden oder Kufstein.
Darum, mein Lieber, überlegs
Und werde krank nicht unterwegs!

Vergebliche Mühe

Dem Kinde, wie's auch heult und stöhnt,
Wird wohl die Flasche abgewöhnt.
Jedoch das ewige Kind im Mann
Gewöhnt sie sich dann wieder an.

Kranke Welt

Nicht nur du selber kannst erkranken,
Die Leidgewalt kennt keine Schranken.
Auch was du hieltst für rein mechanisch,
Erkrankt oft depressiv und manisch.
Oft schleicht die Straßenbahn bedrückt,
Ein Telefon schellt wie verrückt,
Fährst du grad bei dem Schutzmann vor,
Stirbt untern Händen dein Motor.
Befällt der Brechreiz das Geschirr,
Saust es hinunter mit Geklirr.
Schifahrern beispielsweis tuts weh,
Zu laufen auf dem kranken Schnee.
Und selbst das sichre Flugzeug schwankt,
Sobald der Luftweg wo erkrankt.
Kurzum, die Welt, wohin du schaust,
Ist so voll Krankheit, daß dir graust.

Gegen Aufregung

Wen Briefe ärgern, die er kriegt,
Dem sei, auf daß sein Zorn verfliegt,
Genannt ein Mittel, höchst probat,
Das manchem schon geholfen hat.
Er suche sich aus alten Akten
Die schon erledigt weggepackten
Droh-, Schmäh-, Mahn-, Haß- und Liebesbriefe,
Die schliefen in Vergessenstiefe:
Beschwichtigt alles und berichtigt,
Entzichtigt, nichtig und entwichtigt!
So wird die Zeit mit dem bald fertig,
Was gegen-, vielmehr widerwärtig.
Ad acta wirst auch du gelegt
Samt allem, was dich aufgeregt.

Antike Weisheit

Im Altertum schon steht geschrieben,
Daß jung stirbt, wen die Götter lieben –
Womit sie nicht gleich jeden hassen,
Den sie noch länger leben lassen.

Marktschreiereien

Gern lassen wir uns durch Broschüren
Ins Wunderreich der Krankheit führen
Und holen uns aus bunten Heften
Die Kenntnis von geheimen Kräften.
Beschlossen liegt der Stein der Weisen
In Büchern, nicht genug zu preisen.
Hört! – Und ihr werdet nicht mehr säumen:
Wie deut ich Zukunft aus den Träumen?
Wie bleib ich trotz zwölf Halben nüchtern?
In einer Stunde nicht mehr schüchtern...
Vorm anderen Geschlecht nicht schaudern!
Sie lernen unbefangen plaudern!
Befreiung von nervösem Kichern!
Die Kunst, sich den Erfolg zu sichern.
Nicht unbeholfen mehr beim Tanzen!
Die Radikalkur gegen Wanzen.
Wie fühle ich mich neugeboren?
Sie brauchen nicht mehr Nase bohren.
Wie kann Millionen ich erlottern?
Das sichre Mittel gegen Stottern.
Nichtraucher werden in drei Tagen.
Antworten auf diskrete Fragen. –
Drum macht nur schleunig den Versuch
Und kauft ein solches Wunderbuch!
Ein einziges Rezept daraus
Zahlt hundertfach die Kosten aus!

Vorurteil

Auch Medizin kann uns nicht frommen,
Voreingenommen eingenommen.

Holde Täuschung

Bei Nikotin und Alkohol
Fühlt sich der Mensch besonders wohl.
Und doch, es macht ihn nichts so hin,
Wie Alkohol und Nikotin.

Empfindlichkeit

Leicht überwinden wir den Schmerz,
Trifft er das leidgewohnte *Herz*.
Mühselger schon ists zu ertragen,
Wenn etwas schwer uns liegt im *Magen*.
Am schlimmsten scheint es, Geld verlieren – –
Das geht empfindlich an die *Nieren*.

Roh-Köstliches

Die Rohkost macht durchaus nicht roh,
Sie macht uns frisch und frei und froh,
Nicht grade fromm, doch ziemlich frömmlich,
Und sie ist ungemein bekömmlich.
Vereint mit Kulten, rein und östlich,
Macht sie das Seelenleben köstlich,
Nur oft ein bißchen flügellahm,
Zwar dulderisch, doch unduldsam
Teils gegen männlich frohe Taten,
Teils gegen Schweins- und Kälberbraten.

Lebenslauf

Die letzte Kinderkrankheit wich:
Die Altersleiden melden sich!

Gehabte Schmerzen

Vier sitzen kreuzvergnügt beim Tee –
Dem fünften tut ein Stockzahn weh
Und er erlaubt sich ganz bescheiden,
Zu reden von dem bösen Leiden.
Doch öffnet er noch kaum die Lippe,
Spricht schon der erste von der Grippe,
Die jüngst ihn schauerlich gequält.
Der zweite von der Gicht erzählt,
An der ganz grausam er gelitten –
Was wiedrum Anlaß gibt dem dritten,
Gleich klar zu schildern seinerseits
Den – längst vergangnen – Nierenreiz.
Der vierte überspielt sie alle;
Er spricht von seinem seltnen Falle:
Als Kind – 's ist vierzig Jahre her –
Erkrankte er an Typhus schwer...
So drücken an die Wand sie glatt
Den, der die Schmerzen wirklich hat,
Um am Bewußtsein sich zu laben,
Noch ärgere gehabt zu haben.

Verschiedne Einstellung

Als man zu Massen, wüst und dumm,
Zerrieb das Individuum,
Hat sich die Welt nicht sehr gekümmert.
Doch jetzt, wo man Atom zertrümmert, –
Im letzten Grund nur folgerichtig –
Nimmt sie das ungeheuer wichtig!

Trübsinn

Es gibt so Tage, wo die Welt
Dir, ohne Anlaß, arg mißfällt.
Selbst über Goethe oder Schiller
Denkst du an solchen Tagen stiller.
Auch schaust du einen Tizian
Ganz ohne innere Rührung an
Und meinst, bei einem Satz von Bach:
»Im Grunde einfallslos und schwach!«
Kurz, nicht in Worten, Bildern, Tönen
Spricht zu dir dann die Welt des Schönen.
»Dies«, fragst du – und du siehst's nicht ein –
»Soll höchste Kunst der Menschheit sein?
Dies jene vielgerühmte Grenze,
An der Unsterblichkeit erglänze?«
Wir hoffen nur, dein wahnsinnstrüber
Unkunstsinnsanfall geh vorüber.
Wo nicht, so fahre zu den Toten –:
Mehr wird auf Erden nicht geboten!

Wichtiger

Im Alter werden Freunde selten:
Drum, die du hast, die lasse gelten!
Recht kannst du manchmal leicht behalten,
Doch schwer den Freund, den guten, alten!

Bedrängnis

Oft hat – ich hoffe nur, es führe,
Daß ich den heiklen Punkt berühre,
Nicht mit den Lesern zum Zerwürfnis –
Ein Mensch ein menschliches Bedürfnis.
Anstalten trifft man oft nicht an,
Woselbst man solche treffen kann.
Drum ist es gut, wenn unverweilt
Der so Bedrängte heimwärts eilt.
Auch achte er, indes er rennt,
Zu treffen keinen, der ihn kennt
Und ihn, der nichts will als verschwinden,
Ausführlich fragt nach dem Befinden.
Er sei in solchem Fall zwar höflich,
Doch *kurz* – sonst endets kataströphlich.

Jung und alt

Hie jung – hie alt! Zu wem von beiden
Gehn lieber wir mit unserm Leiden?
Bald sind wir vom Gefühl durchdrungen:
»Das Neueste wissen nur die Jungen!«
Bald wieder sind wir überzeugt:
»Die Ältern haben mehr beäugt!«
Bald sagen wir, als Kosten-Scheuer:
»Ein Titel macht die Sache teuer!«
Bald singen wir das alte Lied:
»Ich, statt zum Schmiedel, geh zum Schmied!«
Bald kriegen wir ins Ohr getuscht:
»Selbst Große haben schon gepfuscht!«
Bald heißts: »Wer zum Professor rennt – –
Und dann machts doch der Assistent!«
Kurzum, wir armen, armen Kranken
Oft wie das Rohr im Winde schwanken –
Bis dann ein Zufall es entscheidet,
Wer aus dem Rohr sich Pfeifen schneidet.

Selbstbedienung

Man weiß, das Personal wird rar –
Doch Rettung wächst mit der Gefahr.
Statt daß man schon in aller Frühe
Die brave Schwesternschaft bemühe,
Schiebt man dem Kranken an sein Bett
Ein automatisch Wunderbrett,
Das sich, mit Hilfe vieler Schalter,
Als Wärter zeigt und Unterhalter.
Beim Druck auf ein bestimmtes Knöpfchen
Reicht es ihm Pillen zu und Tröpfchen.
Licht an – Licht aus; den Vorhang auf! –
Wie mans grad wünscht im Tageslauf.
Der Kranke wird gekämmt, gewaschen,
Versehn mit jeder Art von Flaschen;
Des Zimmers Wärme wird gesteuert,
Selbsttätig der Verband erneuert.
Auch Zuspruch ist zu haben, seelisch –
Nach Wahl: katholisch – evangelisch.
Punkt fünf – sollt ers auch selbst vergessen –
Wird seine Temperatur gemessen.
Den Puls erfühlt ein eigner Zähler. –
Nur: schleicht sich technisch ein ein Fehler,
Bleibt hilflos liegen man wie gestern:
Vergebens ruft man nach den Schwestern. –
Zu sparen ihre Liebeskraft
Hat man das Brett ja angeschafft!

Ersatz

Wer nicht mehr traut auf Gottes Willen,
Ersetzt sein Nachtgebet durch Pillen.

Ermunterung

Scheint auch dein Zustand aussichtslos,
Halt durch – und wärs für Tage bloß!
Nur Mut! Die Rettung ist schon nah –
Sie kommt bestimmt aus USA,
Wo, wie man liest, beinahe stündlich
Die Heilkunst umgewälzt wird, gründlich.
Und wäre auch dein Fall der schwerste,
Bist du vielleicht der allererste,
Den, durch die Luft herbeigeeilt,
Von drüben ein Professor heilt!

»Schein«-Behandlung

Scheinkranke stellen gern sich ein,
Genügt dazu ein Krankenschein.

Gleichgewicht

Was bringt den Doktor um sein Brot?
a) die Gesundheit, b) der Tod.
Drum hält der Arzt, auf daß *er* lebe,
Uns zwischen beiden in der Schwebe.

Einschüchterung

Von Wechseljahren weiß der Kenner,
Daß sie gefährlich auch für Männer.
Schon naht – sonst abhold der Verrohung –
Der Fachmann mit massiver Drohung:
Sie haben Sand in den Gelenken!
Sie können nicht mehr richtig denken!
Sie haben Kribbeln in den Beinen!
Sie fangen grundlos an zu weinen!
Sie sind versucht, sich selbst zu töten,
Sie leiden unter Atemnöten,
Schweiß rinnt von Ihnen, ganze Bäche!
Sie fürchten sich vor Manneschwäche!
Sie haben Angst vor Frauenzimmern!
Sie leiden unter Augenflimmern,
Schlaflosigkeit und Nervenzucken,
Fußkälte, Kopfweh, Schwindel, Jucken,
Ihr Herz beginnt zu klopfen, jagen,
Müd sind Sie, nieder-, abgeschlagen!!
Der Ärmste, der dies schaudernd liest,
Kriegts mit der Angst und sagt: »Na, siehst!«
Und nimmt – das war der Warnung Willen –
Ab heut die guten Knoblauch-Pillen!

So und so

Gesunde quält oft der Gedanke:
Wohin sie schauen – lauter Kranke!
Doch blickt ein Kranker in die Runde,
Sieht er nur unverschämt Gesunde.

Die Stütze

Gesunde stürzen ohne Halt –
Wer kränkelt, wird gar achtzig alt.
Sein Leiden wird zum festen Stab,
Dran er sich schleppt bis an das Grab.

Seelen-Heilkunde

Der Leib, erkrankt, gibt Schmerz-Alarm –
Doch hilflos, meistens, schweigt der Harm,
So daß er chronisch schon verstockt,
Eh man der Seele ihn entlockt.
Und liegt der Mangel gar an Glück,
Wie häufig, Jahre weit zurück,
So ist das Leiden arg verschleppt.
Zwar gibts manch prächtiges Rezept,
Das jeder Doktor gern verschriebe:
Es brauchte weiter nichts als *Liebe.*
Doch fehlts an Apotheken dann,
Wo man es machen lassen kann.
Denn Liebe just wird auf der Welt
Noch nicht synthetisch hergestellt.

Arztwechsel

Der Hausarzt, tüchtig und bescheiden,
War einst der Hüter unsrer Leiden.
Er ward uns Helfer, ward uns Freund. –
Jetzt wird nur noch herumgestreunt.
Half nicht der erste Herr Professer,
Dann ist gewiß der zweite besser,
Und bald – das ist bei uns so Sitte –
Denkt man, der beste sei der dritte.
Ein jeder fängt von vorne an,
Tut, was die andern schon getan:
Sollt er sich fremder Einsicht beugen?
Nein, er muß selbst sich überzeugen!
Er läßt den ganzen Heiltumsschatz,
Vom EKG bis Grundumsatz,
Frisch auf uns los; und wenig gilt
Das jüngst erstellte Röntgenbild.
Nach mancher Messung und Verbuchung
Sind wir jetzt reif zur Untersuchung,
Bei der wir wieder neu erfahren,
Was man uns schon gesagt vor Jahren,
Und wofür wir auch danken, kindlich:
Daß unsre Galle reizempfindlich,
Und unser Herz ein bißchen groß –
Daß aber sonst nicht recht viel los.
Wir tragen leichter unsre Qual
Ein Jahr lang – bis zum nächstenmal...

Mahnung

Die Welt, bedacht auf platten Nutzen,
Sucht auch die Seelen auszuputzen;
Das Sumpf-Entwässern, Wälder-Roden
Schafft einwandfreien Ackerboden
Und schon kann die Statistik prahlen
Mit beispiellosen Fortschrittszahlen.
Doch langsam merkens auch die Deppen:
Die Seelen schwinden und versteppen!
Denn nirgends mehr, so weit man sieht,
Gibt es ein Seelen-Schutzgebiet:
Kein Wald, drin Traumes Vöglein sitzen,
Kein Bach, drin Frohsinns Fischlein blitzen,
Kein Busch, im Schmerz sich zu verkriechen,
Kein Blümlein, Andacht draus zu riechen.
Nichts, als ein ödes Feld – mit Leuten
Bestellt, es restlos auszubeuten.
Drum, wollt ihr nicht zugrunde gehn,
Laßt noch ein bißchen Wildnis stehn!

Ausflüchte

Zum Werke der Barmherzigkeit
Ist stets ein guter Mensch bereit:
Er wird mit Blumen, Obst und Kuchen
Demnächst den kranken Freund besuchen!
Doch weicht die erste zarte Regung
Der Übermacht von Überlegung:
Zeit kostets, Geld und Überwindung...
Die schlechte Straßenbahnverbindung...
's ist erst die Frage, ob und wann
Man ihn besuchen darf und kann...
Vermutlich ist der Arzt dagegen...
Wie häufig kommt man ungelegen...
Er braucht die Schüssel grad – wie peinlich...
Am liebsten schläft er, höchstwahrscheinlich.
Vielleicht ist arg er überlaufen,
Hat Blumen, Bücher schon in Haufen.
Ich frag doch vorher den Professer...
Die nächste Woche läg mir besser.
Die Luft im Krankenhause haß ich –
Ich glaub, das Ganze unterlaß ich...
Vielleicht kommt demnächst er heraus
Und ich besuch ihn dann zu Haus... –
Heraus nun kommt der Kranke zwar,
Doch leider auf der Totenbahr.
Die Frage bleibt sich schier die gleiche:
Geht wohl der Mensch mit seiner Leiche?

Autosuggestion

Ein Kranker spürt, trotz der Behandlung,
In seinem Zustand keine Wandlung;
Ja, es werd schlechter, möcht er denken. –
Jedoch, um nicht den Arzt zu kränken,
Sagt er bescheiden: »Herr Professer,
Es wird wohl stimmen – mir gehts besser!«
Und sieh – das tuts auch, mit der Zeit:
Welch ein Triumph der Höflichkeit!

Kunst des Schenkens

Verschenken kannst du viele Sachen,
Doch nur mit wenigem Freude machen.

Der Stärkere

Kein Seelenschmerz und keine Trauer
Schert deinen Magen – auf die Dauer.
Mag Gram und Groll das Herz dir pressen,
Der Bauch, der Lümmel, will sein Fressen.
Er hat die Pflicht, nicht nachzugeben –
Denn schließlich mußt du weiterleben!

Darum!

Damit man doch zum Doktor geh,
Schuf Gott den Schmerz – denn, täts nicht weh,
Dann säß der erste Arzt noch immer
Allein in seinem Wartezimmer.

Manager

Beklagenswert, wer sich verschworen,
Er hab noch niemals Zeit *verloren*.
Bekenn er lieber, unumwunden:
Er hab noch niemals Zeit *gefunden*.

Beherzigung

Im Seelenkampf mit allzu Schwierigen
Schon *deine* Nerven – nicht die ihrigen!

Sportliches

Bei Lebensläufen sehn wirs klar:
Wer läuft, der läuft auch schon Gefahr!

Kreislaufstörung

Das ist der Kreislauf dieser Welt:
Mit sauerm Schweiß verdient man Geld,
Mit süßem Leichtsinn wirds verlumpt –
Das beste Herz uns nichts mehr pumpt.
Im Kreise laufen wir verstört,
Bald stockt das Blut, bald wallts empört.
Unlustgefühle aller Art,
Selbst Schwindel bleibt uns nicht erspart.
Man trifft – was leicht wär zu beweisen –
Die Störung in den besten Kreisen.

Der Husten

Der Husten wählt sich mit Bedacht
Zum Wirkungskreis die stille Nacht,
Damit er nicht alleine stört
Dich, dem der Husten selbst gehört; –
Mit atem-schöpferischer Pause
Weckt alle Leute er im Hause,
Die wach nun auf der Lauer liegen:
Wann wirst Du Deinen Anfall kriegen!?
Der Nachbarn Mitleid ist bescheiden
Bei *andern*, lautlos-stummen Leiden –
Doch müssen hier sie sich bequemen
Und Anteil an dem Husten nehmen.
Aus Selbstsucht schon wünscht Alt und Jung
Dir herzlich: »Gute Besserung!«

Freizeitgestaltung

Die Frei*heit* – da ist keine Not:
Wohin man schaut, schlägt sie wer tot.
Doch, wie die Frei*zeit* totzuschlagen,
Muß man den Leuten eigens sagen.

Einer für alle

Kraft *aller* Nerven ist vonnöten,
Will *einen* uns der Zahnarzt töten.

Gute Reise

Die Welt ist voller Reisewut,
Indes zu Haus der Weise ruht
Und lächelnd – oft auch leicht verschroben –
In das Gewühl blickt: »Laßt sie toben!«
Schön ist das in die Ferne-Schweifen –
Doch wird auch mancher gerne greifen
Nach meinem heiteren Gereim
Wenn er gemütlich sitzt – *daheim*!

Autos überall!

Du schimpfst mit Recht auf diese Welt,
Daß sie mit Autos ganz verstellt.
Der schönste Blick ist für die Katz –
Zum *Parkplatz* werden Park und Platz.
Bis zu den letzten Straßenkanten
Stehn Omnibusse-Elefanten,
Vorm Rathaus, um den Brunnen, frech
Drängt sich das buntlackierte Blech.
Und was tust du? Trotz dem Gestöhne,
Daß also sterben muß das Schöne,
Zwängst du, bezahlend ein paar Nickel,
Auch in die Herde dein Vehikel!

Bequem

Wie heut bequem das Reisen geht:
Du wirst verschickt wie ein Paket
Und brauchst nur, statt was zu erleben,
Ganz einfach – selbst dich aufzugeben!

Gruß vom Flugplatz

Ich möcht nicht alte Streite wecken:
Das Fliegen taugt für *weite* Strecken!
Von etwa tausend Meilen an,
Kann wie ein Vogel eilen man.
Sonst muß zu lange warten still,
Wer landen oder starten will.

Kurze Saison

Ach, von der Volksschul bis zur Uni
Hat niemand Zeit im Mai, im Juni!
Dafür entläßt dann, Mitte Juli,
Geballt die Stadt den Arbeitskuli.
Noch im August, mit einem Schlag,
Ist Schluß, am ersten kalten Tag.
Wie wär, gar im Gebirg, bei Föhn
Doch der September wunderschön!
Vergeblich – nichts zu retten mehr:
Schon stehn die meisten Betten leer.
Und traurig schleicht der letzte Ober
Um Gartentische im Oktober. –

Gepäck

Verschieden war zu jeder Zeit
Der Anspruch auf Bequemlichkeit.
Und auch, was gelten kann als reinlich,
Zeigt Grenzen, die ganz unwahrscheinlich.
Mit nichts als einem zweiten Hemde
Zieht mancher fröhlich in die Fremde,
Um sich, im warmen wie im kalten,
Dortselbst acht Wochen aufzuhalten.
Ja, selbst ganz ohne weitres Hemd,
Die Zahnbürst in ein Buch geklemmt,
Geht einer wohl auf weite Reisen,
Sich unabhängig zu erweisen.

Am ganzen Leib kein trocknes Fädchen
Kam jüngst zu uns als Gast ein Mädchen,
Mit zuversichtlichem Gemüte,
Ihr Handgepäck in einer Tüte.
Gleich nach dem Krieg war im Hotel
Ein edler Greis mein Schlafgesell,
Der nichts sonst abzulegen hatte,
Als sein Gebiß und die Krawatte.
Diogenes bekanntlich fand,
Zu trinken aus der hohlen Hand
Genüge auch und sei bequem.

Je nun, zum anderen Extrem
Scheint uns die beste Weiserin
Eugenie, die Kaiserin:
Sie nahm, nach Sues, seinerzeit,
Als den Kanal man eingeweiht,
Zweihundertfünfzig Roben mit,
Wobei sie an der Angst noch litt,
Sie habe gar nichts anzuziehn –
Und wem das übertrieben schien',
Der denke an die Mistinguette,
Die, daß sie was zum Wechseln hätt',
Sich Schuhe mitnahm, tausend Paar,
Als sie auf Gastspielreisen war.

Wer reist, der hab wohl leichten Sinn,
Doch Leichtsinn bringt ihm nicht Gewinn.
Der eine meint, daß kühner Mut
Genüge und ein grüner Hut,
Der andre schleppt, um nicht zu fasten,
Durch das Gebirge Riesenlasten:
»Die rechte Tour, wenn ein Tourist,
In einer Tour auf Touren ißt!« –
Doch sollte er nicht ganz vergessen,
's gibt auch auf Hütten was zu essen!
Der Rucksack ist des Menschen Freund,
Der ziellos durch die Alpen streunt –
Doch ist es falsch, das werd hier deutlich,
Nach Rom zu pilgern, rückenbeutlich.
Muß man drum gleich mit Bügeleisen
Zur Stadt der sieben Hügel reisen?
Man sieht, zu wenig und zu viel
Ist wieder mal das Narrenziel!

Veränderungen

Wir wissens zwar mit dem *Verstand:*
Geändert hat sich allerhand!
Jedoch im *Herzen*, ganz verstockt,
Noch tief das alte Weltbild hockt,
Träg wie der Frosch in seinem Pfuhle,
So wie wirs lernten in der Schule:
Mohr, Krokodil und Elefant
War uns als *Afrika* bekannt,
Und wenn man Wolkenkratzer sah,
Wußt' man, das ist *Amerika*.
Im Glanz von Tausendeiner-Nacht
Erglühte *Asiens* Märchenpracht.
Der Türke, rauchend, trank Kaffee
Und der Chinese seinen Tee.
Die Russen waren groß und bärtig. –
Und so scheints uns noch gegenwärtig.
Das meiste, was wir so erträumt,
Ist leider längst schon weggeräumt.
Hochhäuser gibts und Autostraßen,
Wo jüngst die Hottentotten saßen.
Und wo wir noch in tiefster Seele
An Büffel glauben und Kamele,
An Riesenschlangen, Löwen, Tiger,
Ist das Atomzeitalter Sieger.
Trotzdem: wir wollen nicht erwachen –
Die Träume sinds, die glücklich machen!

Hochbetrieb

Urahn', Großmutter, Mutter, Kind
In dumpfer Stub' beisammen sind –
Dem letzten Raum, der sich noch bietet:
Denn alles andre wird vermietet!
Quer durch die Alpen gellt ein Schrei:
Zimmer frei!

Gesprächsstoff, gar nicht auszuschöpfen,
Wird selbst den allerklügsten Köpfen
Der Austausch jeglicher Erfahrung
Bezüglich ihrer *Urlaubsnahrung*.
Der Virtuos, sonst Töne meisternd,
Erzählt begeistert und begeisternd,
Wie er am Würmsee, in Leoni
Zuerst bekommen Makkaroni
Und nachher, für zwei Mark, man denke,
Geschmort in Butter, eine Renke,
Die – doch, schon wird er unterbrochen
Vom Maler, der, erst vor vier Wochen, –
»Ich sage Ihnen, meine Herrn,
Zu übertreiben, liegt mir fern –«
In Glonn aß eine Haxen – soo!
»Wie die verzehrt war, war ich froh!«
Doch eh er sich in Einzelheiten,
Wie er gern möchte, kann verbreiten,
Berichtet laut schon der Verleger,
In Köln bei Schmitz zu essen pfleg' er
Sooft er hinkomm, jedesmal,
Den hochberühmten rheinischen Aal –
Ihn wiederum setzt außer Kraft
Der Mann der Geisteswissenschaft,
Der, gradezu mit Akribie,
Erzählt von einer Radpartie,
Bei der er, mit noch zwei Gesellen,
Gegessen dreizehn Bachforellen,
Um achtzig Pfennige das Stück –
Und ganz verklärt schaut er zurück
In jene Zeiten, längst verschollen...
Doch aus der Gegenwart, der vollen,
Formt nun der Holzbildhauer plastisch
Die Gans (mit Händen rundend, drastisch),
Die, mit den Seinen, vor drei Wochen,
Er abgenagt bis auf die Knochen. –
Im Lauf der Schildrung wächst die Größe
Der Gans, wie der Kartoffelklöße,
Bis, unterm wilden Zuruf: »Schluß!«
Der Märchen-Fresser schweigen muß.

Dafür steigt jetzt, als große Nummer,
Des Doktors sagenhafter Hummer,
Der, wenn auch oft und oft serviert,
Doch seine Zugkraft nie verliert.
Der einzige, wie er sonst auch dichtet,
Der Dichter, hier auf Ruhm verzichtet
Und er bekennt, bescheiden-klein:
»So oft ich ausgeh, geh ich ein!«

Volle Züge

Ein Mensch, der sonst zwar das Vergnügen
Recht gern genießt in vollen Zügen,
Legt just beim Reisen, umgekehrt,
Auf volle Züge wenig Wert.

Kartengruß

Kirchtürme, zwiebelhaubenglatt,
Bezeugen, daß man Glauben hat –
Doch fragt man in Touristenkreisen,
Ob wir noch unter Christen reisen?

Stilles Dorf

»Will einer bauen an der Straßen,
Muß er die Leute reden lassen!«
So liest man wohl am Dorfwirtshaus.
Das *Reden* hielte man noch aus –
Solangs nicht wüste Schimpferei
Der Bauern in der Nacht um zwei:
»No ja, mir hamm a bisserl g'stritten,
Da brauchts koa . . . Wasser abaschittn!«
Doch, an die Straße dicht gebaut,
Wird unentwegt mit Licht und Laut
Dein Zimmer durch die Fern-Last-Kraft-
Nachtfahrer einfach schauderhaft
Durchpflügt, mit Blitz und Donnerkrachen,
Als tät sich auf der Höllenrachen.
Nun ist es wieder zauberstill –
Der Schlummer, fühlst du, kommen will.
Nacht ist um dich und Sternenschein –
Jetzt wieder, jäh, Laternenschein
Und ungeheueres Gepolter:
So folgt auf Folter neue Folter,
Bis du, erschöpft schon beinah tödlich,
In Schlaf fällst, endlich, morgenrötlich.
Die Sonne steht noch kaum am Himmel,
Beginnt der Mesner das Gebimmel.
Hell kräht der Hahn, die Kuh brüllt laut.
Fahr aus dem Bett – nicht aus der Haut!
Unschuldig dran sind ja die Braven,
Daß du die Nacht so schlecht geschlafen!

Tempo

Jahrtausende – von Adam an
Bis zu der ersten Eisenbahn –
Stand fest der Schnelligkeit Begriff:
Der Reiter und das Segelschiff,
Die Taube noch als Briefbesteller –
Nichts auf dem Erdenrund war schneller!
Ein Wunschtraum war es, siebenmeilen-
Gestiefelt, durch die Welt zu eilen.
Das Flugzeug, in den Lüften brausend,
Macht in der Stunde heute tausend!
Einst war, wer sich einmal empfohlen
Und fortritt, kaum mehr einzuholen.
Ein Flüchtling – etwa wegen Mord –
War sicher, kam er nur an Bord.
Heut wird zum Beispiel ein Vertreter,
Verreist achthundert Kilometer,
Zurückgerufen, telegrafisch:
An seiner Kette hängt er, sklavisch.
Der Defraudant kennt keinen Punkt,
An dem man ihn nicht rundbefunkt:
Kommt er in Hinterindien an,
Steht der Schandarm schon an der Bahn.
Der Forscher mag im Urwald sitzen,
Im Packeis, hoch auf Weltbergspitzen:
Wenn er an seinem Kästchen dreht,
Erfährt sofort er, wies ihm geht.
Die Welt, so alle Welt behütlich,
Wird, scheint uns, *langsam* ungemütlich.

Pauschalreisen

Es mischen tief sich Lust und Qual
Dem Menschen, so er reist pauschal.
Er hat gewählt, kann nicht mehr wählen:
Nur auf Bezahltes kann er zählen.
Was nützt ihm nun sein Neid, sein gelber?
Ist alles doch – sogar er selber –
In seinem Preis jetzt inbegriffen:
Die Fahrt mit Omnibus und Schiffen,
Verpflegung, ja das Trinkgeld gar,
Und alles schon erlegt in bar,
So, daß der Schmerz liegt weit zurück –
Was jetzt noch kommt, ist reines Glück!
Oh nein, mein Freund, so ists mitnichten:
Ein Stachel quält: es heißt verzichten!
Dem, der so reist, ergeht es fast
Wie dem Odysseus, der am Mast
Des Schiffes fest sich binden ließ,
Daß er Sirenensang genieß'.
Und völlig taub für seine Bitten –
Bewachend ihn auf Schritt und Tritten –
Den Fehltritt selbst nicht ausgenommen –
Führn ihn, und es gibt kein Entkommen,
Die Leute, die dazu bestellt,
Quer durch die wunderschöne Welt.
Spräch er zum Augenblick: »Verweile,
Du bist so schön!« Im zweiten Teile
Des Faust kanns jeder lesen klar:
Es wäre aus mit ihm und gar!

Fremdsprachen

Wie denk ich heut an die verkannte,
Ja, gar von uns gehaßte Tante!
Kaum kamen wir in ihre Näh,
Schon rief sie: »Vite un peu d'français!«
Weshalb wir, statt daß wir was lernten,
Uns *leider!* rasch von ihr entfernten.

*

Der Deutsche will schon an den Grenzen
Mit seiner Sprachenkenntnis glänzen.
In Straßburg, daß man ja es hör,
Ruft er schon laut nach dem »Porteur«
Und tut sich auch bereits am Brenner
Hervor als polyglotter Kenner.
Mit welschen Brocken will er protzen,
Sitzt in Meran er oder Bozen,
Obwohl er dann erbärmlich schlecht,
Sobald es Ernst wird, radebrecht.

*

Wer hilflos wandert durch den Balkan,
Dem steht zuweilen wohl der Schalk an,
Dreist mit »Gagack!« und mit »Gluck-Gluck!«
Ein Ei zu fordern, einen Schluck,
Weil selbst ein weitgereister Mann
Nicht alle Sprachen lernen kann.
Doch wenn er in Paris das tut,
Dann macht sichs nur noch halb so gut!

Dies Buch wär unvollständig, böte
Es nicht auch ein Kapitel *Goethe*.
Der Dichter reiste mit viel Mühn
Ins Land, wo die Zitronen blühn.
Am dritten – neunten – sechsundachtzig
Von Karlsbad hat er aufgemacht sich
Um drei Uhr früh, bei Nacht und Nebel –
Die Stein wußt nichts und nichts der Knebel –,
Es war ein rechter Schabernack!
Dachsranzen nur und Mantelsack –
Falls jemand's gern genauer läse –
Hat er gepackt in seine Chaise.
Und gleich – das soll uns Vorbild sein –
Gab er viel acht auf das Gestein:
Obs gelblich, rötlich oder schwarz,
Ob es Granit sei, Schiefer, Quarz.
Was hatte Bayern ihm zu bieten?
In Regensburg die Jesuiten,
In München seine ersten Feigen.
Kaum fand er Zeit, hier abzusteigen –
Wie jeder weiß, im »Schwarzen Adler«.
Das findet heut noch viele Tadler:
Was hätte der berühmte Name
Gewirkt für die Verkehrs-Reklame!
Kaum, daß er's Frühstück nunterwürg,
Fuhr er schon weiter ins Gebürg
Und reiste gleich, in einem Renner,
Nach Mittenwald und auf den Brenner.
Und wichtig schien ihm wieder dies:
Bald sah er Kalk, bald sah er Kies.
Von Sterzing aber und von Brixen
Sah er bei eiliger Nachtfahrt nixen.
In Bozen konnt er auch kaum bleiben:
Er mußte wechseln, zahlen, schreiben.
Doch hoffte er, wo er gewesen,
In Büchern später nachzulesen.

Schon damals hat es sich bewährt,
Daß gut man »per Anhalter« fährt.
Denn Goethe, auf des Vaters Bitt',

Nahm erst das Harfnermädchen mit –
Was literarisch dann sich lohnte –
Und, daß es seine Füßlein schonte,
Ein Kind, das man nicht weiter kennt,
Auf halbem Wege nach Trient.

Der Leser möge sich des weitern
An Goethes Texten selbst erheitern;
Denn trieb ich fort so, breit im Strom,
So kämen wir ja nie bis Rom,
Geschweige bis Sizilien gar. –
Wie fein heraus der Goethe war,
Der an den Stätten, die ihm lieb,
Rund anderthalbe Jahre blieb.
Das konnt er als Minister halt,
Bei weiterlaufendem Gehalt.
Und dann noch ein besondres Glück:
Als Klassiker kam er zurück!

Ein Münchner in Italien

Ganz anders – und bedeutend schlichter
Als unser großer deutscher Dichter,
Erzählt von seiner Süden-Reis
Der Münchner Xaver Habergeis:
»An Viechszorn auf mi selber hab i:
Natürli, i muaß aa da abi!
Des hoaßt – i net! I kunnt mi halten.
Es war bloß wegen meiner Alten.
Die hört net auf mit dem Gebenz,
Sie muaß nach Rom und nach Florenz!
Warum? Bloß weiß sie si' so gift',
Wenns ihre g'schnupftn Henna trifft,
Die fanga glei mit dem Geschwärm o'
»Wir waren heuer in Palermo!«
D' ganz Welt ist ja jetzt narrisch wor'n:
Da sag'n s', es langt net hint und vorn
Und fahrn, oft glei' samt de Familien
Per Schub, wenns sei muß, bis Sizilien.
I hätts aa billig hab'n könna –

Naa, sag i, wenn ma's uns scho gönna,
Na mach'n ma's richti, des is klar:
Entweder spar i, oder fahr!
Und *wenn* ich fahr, na net wie's Viech,
Daß i auf'n Transport nix siech
Und passen muaß auf die Hanswurschten,
Die lasserten oan glatt verdurschten,
Weils ein' wie Gfangene begleiten
Zu ihre Sehenswürdigkeiten . . .

'S is mühsam gnua – ich will mi schona. –
Sie hat glei fahrn wolln bis Verona
Und hat mir hing'macht so a Fotzn,
Wie i hab g'sagt, mir bleib'n in Bozen,
Da is's no deutsch, bei die Tiroler,
Fürn Anfang waar mir da viel wohler,
Na hanteln mir uns weiter nachher
Schön langsam zu die Katzlmacher!«
Sie sagt: I laß mi net dablecken
Du bleibertst schon in Bozen stecken
Und i hätt mein Italien gsehgn.
No sag i, also, meinetwegn!

So um a viere war'n ma dort.
Verstanden hamma net a Wort.
Wie des no wird, war i im Zweifel.
Sie is glei wie a Schachterlteifel
Losgfahrn und umanandag'wetzt –
I hab mi ins Kaffeehaus g'setzt.
»No, den Can grande und d' Arena«
Sagts, »hättst dir schließli anschaugn könna!«
»Geh«, sag i, »mach koa solches G'schroa
Du, moan i, schaugst jo so für zwoa!«

Na san mir nach Venedig g'fahrn,
Des kenn ich scho von frühern Jahrn.
Des is aa mehr für junge Leut,
Wo's Umeinanderlaufen g'freut
Und 's Schifferlfahrn und 's Täuberlfüttern. –
Jetzt kann's mi nimma so erschüttern.
Die Gondoliere hamm uns g'schlenkt:
Z'erst tun's als kriegast's halbert g'schenkt,

Bis daß s'di drin habn in dem Schlag.
Na fahrns' di' rum an halben Tag
Wo d' gar net hinwillst, nach Murano
Und dappert zahln derfst di na' aa no!

Zum Glück hab i – wer derf des hoffn? –
Du kennst'n schon, an Pauli troffn.
Der war aa drunten mit der sein'.
Jetzt warn mir fast schon a Verein.
Du! sagt er, is's Dir aa so fad?
Geh, sag i zu ihm, sei do' stad'
Des muß ma tragen halt geduldig,
Des samma unsrer Bildung schuldig!
Na hamma glei – ah, ich hab g'flucht –
Den Dings, den Colleoni g'sucht
Zwoa Stunden fast bei dera Hitz'n,
Und richti sehgn ma'n drob'n na' sitzen,
Den Mordstrum Lackl auf sein Roß.
Er ist recht schö – do' sag i bloß,
Der Churfürst Max, bei *uns*, der erscht,
Des is fei aa a schöner Ferscht!
So san mir, mir verruckten Hund:
Den suachat neamd – koa Viertelstund!

Am Lido, ja, da hätts uns paßt,
Da siecht ma Madln, nackert fast,
Doch des hat net lang dauert, leider,
Hat *sie* schon g'mammst: Geh, fahrn ma weiter!
Da hamms' ihr g'raten des Ravenna –
So was muaß doch der Mensch net kenna!
A solchene Basilika
Wie dort hamm mir in München aa!
Und die Moskito, laß Dir sagen,
I habs glei Dutzendweis derschlagen –
Und heut no juckts mi überall. –
Florenz, des war schon mehr mei' Fall!
Da hamms, auf des hätt i net denkt,
A Münchner Bier vom Faß ausg'schenkt.
Anstrengend is's sonst freili g'wesen:
Sie hat all's aus ihr'm Büchl g'lesen,
Auslassen hat's partout nix woll'n
Und i hätt allweil mitgehn solln.

A jede Mauer hätts mir ’zeigt. –
Bei de Uffizien hab i g’streikt.
Naa, sag i, des kannst net verlangen!
I bin in d’ Pinakothek net gangen,
Wies gstanden is’ vor meiner Nasen,
Und da sollt i jetzt Bilder grasen?

Mei, *die* hats umeinandertriebn!
Auf d’ Nacht hats Ansichtskarten g’schriebn,
Glei ganze Pack, daß d’ Leut erfahrn,
Daß mir aa in Italien warn.
Nach Rom hat’s müssen, selbstverständlich.
Ich hab no’ oamal nachgeb’n endlich,
Und, Ehr sag i, wem Ehr gebührt:
Rom is a Stadt, wo si was rührt.
Bloß, mit’n Essen, da war’s aus.
All’s bratens in Salatöl raus,
Gmüs könnens’ überhaupt keins kochen
Da wirst fein g’mütskrank, nach drei Wochen!
Und für die nächsten zehn Jahr hätt i
Jetzt wieder gnua von de Spaghetti.
Bist in der fremden Sprach net g’wandt,
Hockst scho so hilflos umeinand.
Und mit de Lire mußt fei nachher
Aufpassen wie a Haftelmacher.
Schnell hamms’ an Haufen Schein hingschmissen
Und bis D’ Di umschaugst, bist schon b’schissen!
Natürli bist da Du der Dümmer’ –
Deutsch könnens’ plötzli’ alle nimmer!

No, kurz und gut – jetzt hab i ’s satt,
Sag i zu ihr, Dei’ ewige Stadt.
An Papst derfst anschaun no’, mein’twegn,
Na’ hau i ab, des wirst jetzt sehgn!
Sie hat sich noch verlegt aufs Betteln,
Doch i hab b’sorgt glei’ die Bilettln,
Hoam hat’s mi so gewaltig zog’n,
Daß i’s riskiert hab: mir san g’flogn!
Sündteuer wars – i will nix sag’n,
Denn i habs wenigstens vertragn,
Mit Hilf von viele Kognakschluckerl.
Gsehgn hab i net viel aus mei’m Guckerl.

Bei meiner Frau war's Geld verlor'n,
Denn der i's glei speiübel wor'n.
No, überstanden hat sie's ja –
Und jetzt: Jetzt samma wieder da!

Glückssachen

Hier steht ein Wanderer und flucht:
Er hats im »Roß«, im »Lamm« versucht,
Hat sich erkundigt, ob im »Bären«
Noch Zimmer zu vermieten wären,
Hat seine Koffer, schlecht und recht,
Geschleppt zum »Adler« und zum »Hecht«,
Ihm schwants, daß man wohl auch im »Schwan«
Ihm kein Quartier mehr biete an.
Nun sehn wir den schon nicht mehr wirschen
Heran sich an den »Hirschen« pirschen –
Umsonst die Müh des armen Manns:
's war eine »Ente« mit der »Gans«!
Ein andrer Gast tritt vor der »Gemse«
Ganz selbstverständlich auf die Bremse
Und fragt, ob hier ein Zimmer frei,
Und man sagt freundlich: »Ja, das sei!«
Leicht hört man die Moral hier traben:
»Glück muß man auch auf Reisen haben!«

Kurze Suppenkunde

Wer nähm' nicht, jung, sich manches vor,
Woran er dann die Lust verlor?
Auch ich hätt gern die kleine Welt,
Gereimt, dem Leser vorgestellt –
Doch leider bliebs nur beim Versuch:
›Tierleben‹ oder ›Taschentuch‹ –
Bei anderm, etwa bei den Pflanzen,
Hats nicht gereicht zu einem Ganzen.
Und auch ein Buch vom Essen, Trinken,
Seh ich ins Nichts hinuntersinken.
Ich frage selber mich als Greis:
Hätt es gelohnt den Witz, den Fleiß?
Doch, ob ers tadle, ob ers lobe:
Dem Leser geb ich eine Probe!

Kurze Suppenkunde

Trotz tiefer Forschung ist nicht klar,
Wie unsre Suppen-Urzeit war.
Das Feuer – uns so selbstverständlich –
Mußt erst erfunden werden, endlich!
Doch dann auch läßt sichs leicht erraten:
Noch vor der Suppe kam der Braten –
Heut ists bekanntlich umgekehrt –

Gelegt hätt sicher größten Wert
Die erste Eiszeit-Menschengruppe
Auf eine gute, heiße Suppe;
Denn, hat was Warmes man im Magen,
Läßt Kälte leichter sich ertragen.
Doch fehlte noch der kluge Kopf,
Der fand den Kessel oder *Topf*.
Von da an erst ging alles schneller,
Vom Holznapf bis zum irdnen Teller
Und gar mit Zinn und Porzellan
Ging die *Kultur* der Suppe an.

Der Name kommt von Saufen, Schlürfen:
Der Löffel, des' wir heut bedürfen,
Ist zwar das älteste *Eß*-Gerät,
Doch wird bezeugt er ziemlich spät.
Ursprünglich hängte man den Rüssel
Ganz einfach in die Suppenschüssel.

Die *Bibel* gibt uns wohl im Grunde
die erste sichre Suppenkunde.
Es nährte ja von Rohkost zwar
Sich selbst das erste Menschenpaar;
Doch hats, vom Satan süß verlockt,
Uns jene Suppe eingebrockt,
An der, obwohl sie keiner mag,
Wir löffeln, bis zum jüngsten Tag.
Das Salz zur Suppe zu verdienen,
Ist *uns* schon manchmal schwer erschienen –
Und fällt doch selbst dem Ärmsten leicht,
Wenn mit der Urzeit mans vergleicht.

Recht unklar ist auch heut noch, was
Der Mensch in der *Antike* aß.
Die Götter lebten, weiß man ja,
Von Nektar und Ambrosia.

Groß war im späten Altertum
Dann Spartas schwarzer Suppenruhm;
Der erste Eintopf – jedenfalls
Hing bald er allen aus dem Hals.

Mit attischem Salz hat, wie wir sehn,
Gewürzt die Suppen sich *Athen*.
Aspasia, als Hetäre groß,
Hatt auch das Suppenkochen los,
Was von dergleichen Frauen man
Wohl heute nicht mehr sagen kann.

Den Römern, anfangs sparsam-schlicht,
Galt Suppe wohl als Leibgericht.
So wußte beispielsweis Vergil
Auch vom Gemüse-Anbau viel
Und – ob mit Käse oder ohne –
Gabs sicher häufig Minestrone,
Und von »lagana« nährte sich
Der alte Cato sicherlich.
Doch später, als aus aller Welt
Sich Leckerbissen Rom bestellt,
Und nachgab jeder Mode-Schrull' –
Berühmt ist heute noch Lukull –
Sprach man mit höhnischem Bedauern,
Die Suppe wär nur was für Bauern.

Dem *Tacitus* sind wir verpflichtet,
Weil von Germanen er berichtet.
Sie lebten kriegerisch und keusch,
Sie sotten Bier und brieten Fleisch.
Erst später sich entwickelt haben
Die Sueben auch zu Suppenschwaben.

Die Suppe ist, ganz ohne Frage,
Zu finden in der deutschen Sage:

Ein Zwerg war *Mime*, ein verschlagner,
Der – nach dem Text von Richard Wagner –
Dem Siegfried einen Sudel braute,
Den der voll Wut vom Herde haute.

Im Mittelalter warn die Klöster
Der armen »Supplikanten« Tröster;
Vor »breiten Bettelsuppen« graust'
Es zwar schon Herrn Professor *Faust*.

Leicht ändern stets sich die Geschmäcker:
Wer fände heute Suppen lecker,
Wie sie sich da und dort in alten
Speiszetteln noch, zum Glück, erhalten?
So gabs schon dreizehnhundertdrei
Als erstes Suppe, fast nur Ei
Mit Pfeffer, Safran, Hirse, Honig –
Und wieder fänd in mancher Chronik
Man derart wunderliche Speisen,
Geschichtlich Suppen nachzuweisen.

Die Bauern füllten ihren Magen
Mit Fleisch nur an den Feiertagen;
Sonst gab es Suppen bloß und Brei,
Vielleicht auch Mehlspeis mancherlei
Doch meistens Hirs- und Hafergrütz
Bis dann bei uns der Alte Fritz,
Wofür ihm sicher Dank gebührt,
Hat die Kartoffeln eingeführt.
Wenn auch die Schlemmer sie erst lieben,
Falls man sie durch die Sau getrieben.

Jedweder Suppe Hauptbestand
Ist *Wasser*, von dem Thales fand,
Der erste von den sieben Weisen,
Es sei als höchstes Gut zu preisen.
Liebt man auch Wassersuppen nicht,
Auf Wasser liegt das Schwergewicht
Und zwar im strengen Sinn des Worts:
Die Schwierigkeiten des Transports!

Man sagt, im Großen habe schon
Daran gedacht *Napoleon*

Und zur Verpflegung seiner Truppen
Selbst eingeführt die Trockensuppen.

Vom Apotheker, ungelogen,
Hat Bouillontafeln man bezogen,
Weil man in Fleischbrüh, eingedickt,
Die beste Medizin erblickt.
Noch glaubte der berühmte Liebig,
Sein Fleischextrakt sei sehr ergiebig.
Es mußten Riesen-Rinderherden
Für diesen Zweck geschlachtet werden.
Die Welt bediente sich in Kürze
Der Suppenwürfel, Suppenwürze
Und gar die Erbswurst ist bekannt
Als bester Touren-Proviant.

Ein Koch mit Namen Grüneberg
Hat sein ursprünglich kleines Werk
Nach kurzer Zeit, im Siebziger Krieg,
Geführt zu beispiellosem Sieg.
Man teilt die vielen, vielen Gruppen
In klare und legierte Suppen.
Ausschöpfen kann man, wie sonst nie,
Als Suppenkoch die Fantasie:
Ob Brillat-Savarin, Rumohr, Vaerst,
Ob Walterspiel uns gilt zuerst,
Nennt man die Namen, ists, als röche
Den Zauber man der großen Köche.

Gewiß, es werden den Gesunden
Weit mehr als hundert Suppen munden;
Doch müssen auch die armen Kranken
Für ihr bescheidnes Süpplein danken,
Auch wenn natürlich, Tag für Tag,
Den Haferschleim nicht jeder mag.

Und wenn auch Suppenkaspar spricht:
»Nein, meine Suppe eß ich nicht!« –
Wer weiß, was sie dem armen Knaben
Für Mehlpapp angeboten haben
Und ob er nicht doch wohl am Ende
Bei all den Suppen eine fände,

Die, falls er sie entdecken würde,
Ihm ausgezeichnet schmecken würde.

Zum Schlusse, aus der Suppenküche
Noch ein paar weltbekannte Sprüche:
Man ißt die Suppe nie so heiß,
Wie man sie kocht – wohl dem, ders weiß.
Doch Vorsicht! Oft hat sich den Rand
Der Volksmund schon dabei verbrannt.
Wer Weisheit mit dem Löffel frißt,
Auf allen Suppen Peterl ist,
In jeder Suppe find't ein Haar,
Zählt nicht zu unsrer Freunde Schar.
Der eigne Herd ist Goldes Wert –
Gewiß; doch gilt auch umgekehrt,
Daß mancher sich, als Kosten-Scheuer
Sein Süppchen kocht am fremden Feuer.
Daß Salz die Köchin, die verliebt,
Zu viel in eine Suppe gibt,
Mag hingehn – doch als Drohung galts
Seit je, daß man sie wem versalz'.
Noch schlimmer (ungern läßt mans drucken),
Dem Nachbarn in die Suppe spucken.
Er sei – sagt wer, nicht vollgenommen –
Nicht auf der Brennsupp hergeschwommen.

In Hamburg heißts, nach alten Sitten,
Wen auf 'nen Löffel Suppe bitten.
Doch wirds ein Mahl dann, reich bemessen. –
Gar »mit dem großen Löffel essen«,
Wird weit sich, über alle Suppen,
Als Riesenfresserei entpuppen.

Beileib nicht alles, was wir wissen –
Sollte darum jemand was vermissen
So darf er gar nicht stolz drauf sein,
Fällt dies und das noch selbst ihm ein.
Sprichwörtlich schließen wir, abrupt:
»Der lange lebt, wer lange suppt.«
Wir hoffen, alle tun da mit, –
Wir wünschen: »Guten Appetit!«

Anekdoten

Meine Mutter, in dem Alter, wo man noch keine junge Dame ist, aber gern eine sein möchte, hatte den alten Regenschirm, den man ihr aufzwang, immer schon aufs grimmigste gehaßt. Als sie aber, an einem wetterwendischen Apriltag mit ihm bewaffnet, dem blonden und mantelflatternden Musiklehrer begegnete, war sie gewillt, sich des Schirms, dieses Schandstückes, zu entledigen.

Nichts einfacher als das: Sie ließ ihn, als gerade die Kunden drängten, unversehens beim Bäcker Hierangl stehen, mit dem festen Vorsatz, sich zu Hause auf Befragen durchaus nicht mehr erinnern zu können, wo sie ihn wohl vergessen habe.

Die Sache schien durchaus geglückt; der Ankauf eines neuen Schirms war schon so gut wie sicher. Da stürzte, drei Tage später, als die ganz junge Dame, bei strahlendem Frühlingswetter, mit einer noch jüngeren jungen Dame höchst fein und wichtig des Weges kam, die Frau Bäckermeister Hierangl persönlich auf die Straße heraus, den Schirm schwingend und: zuerst hätte niemand geglaubt, daß das alte, scheußliche Ding einem so feinen Fräulein gehöre, aber die Wimmer-Babett hätt' den Schirm gleich wieder erkannt und die Fensch-Rosa hätt' auch gesagt, natürlich, hätt' sie gesagt, das ist das Schirmerl von der Fräulein Maurer, ich kenn's an dem Riß und dem abgebrochenen Stangerl und an dem kaputten Griff! So sprudelte die brave Frau ihr süßes Gift heraus, mit seligem Lächeln, und es ist in der Tat bemerkenswert, wie sie alle Mängel des Schirms aufzusagen wußte, ohne ihr eigenes Urteil in die Waagschale werfen zu müssen.

Der häßliche unansehnliche Schirm, ohne Gnade, und vor den hämischen Augen der jüngeren jungen Dame (die natürlich im Geist sofort zu einem dummen Lausaffen herabgewürdigt wurde) zwangsweise überreicht und in seine alten Rechte eingesetzt, war nun nicht mehr auf so einfache Weise loszubringen. Aber gleichwohl, in diesem beschämenden Augenblick ward sein Untergang beschlossen.

Von alten Zauberern wird behauptet, sie vermöchten ihre Wanderstäbe in lebendige Schlangen zu verwandeln; jedenfalls bestand der Schirm die Gegenprobe: er verwandelte sich am Arm meiner Mutter in ein giftiges Reptil, das sie nur mit tiefem Grauen betrachten konnte.

Schon wenige Tage später ward die schwarze Tat ausgeführt;

der Schirm wurde buchstäblich zu Tode gequält. Es war ein Wetter, wie gemacht zu solch ruchlosem Unterfangen. Der Sturm ging in heftigen Stößen, Regenschauer fuhren nieder, und in den Gassen fand sich jene erfreuliche Mischung von Nässe und Staub, die der Münchner mit dem Wort »Baz« bezeichnet, wobei mit dem langen, hellen A die ganze Wonne des Drinherumschlampens zum Ausdruck kommt. Der Schirm wurde also gegen den Wind gehalten, bis er sich umstülpte und dabei ein paar seiner brüchigen Rippen einbüßte. Dann wurde er mit böser Lust durch besagten Baz geschleift, daß der Dreck nur so spritzte. Und dazu sang meine Mutter mit froher Stimme ein traurig-einfältiges Lied, eine trunkene Totenklage um den sterbenden Erzfeind.

Und jetzt, an der Straßenecke, zehn Schritte vor dem Haus, brachte sie den Schirm wieder leidlich in Ordnung, um statt dessen sich selber mit allen Anzeichen einer holden Verwirrung zu schmücken. Sogar Tränen vom reinsten Wasser begann sie zu weinen, und schluchzend kam sie daheim an, und so überzeugend war ihr Auftreten, daß sie, ohne weiter Rechenschaft über das Unglück ablegen zu müssen, mit mütterlichem Trost empfangen wurde und der Erwerb eines neuen Schirmes eine rasch genehmigte Sache war.

Sie hatte aber die Rechnung ohne den Wirt gemacht, nämlich den Wirt der Gaststätte »Zum fröhlichen Militärgericht«, woselbst ihr Vater allabendlich seine drei Quart Dunkles holte und diesmal eine noch dunklere Geschichte mit drein bekam. Denn während der Wirt ihm die Neige aus dem Faß zapfte und aus den kupfernen Gatzen zusammenschüttete, erzählte er, vielleicht mehr, um von seinem trüben Treiben abzulenken als aus Verklagerei, wie er heute nachmittag ein wunderliches Regenidyll habe beobachten können, das liebe Töchterl nämlich, das singend den Schirm, den gewiß noch pfennigguten Schirm, mit aller Gewalt hingemacht und durch die Rinne geschleift habe.

Und da dem Großvater das schale Bier an diesem Abend noch besonders schlecht schmeckte, mit dem bitteren Wermutstropfen der Erkenntnis darin, daß er eine mißratene und verlogene Tochter habe, so kam das von den beiden Frauen klug eingefädelte Gespräch, ob man nach dem unbezweifelbaren Hintritt des alten einen grauen oder einen grünen Schirm kaufen sollte und daß es beim Salvatori am Rindermarkt ganz entzückende Schirme gebe – und gar nicht so teuer: dieses Gespräch also kam an den Unrechten. Und endete – ohne daß der Zornige über einige finstere Andeutungen, von wannen ihm seine Wissenschaft gekommen, hinauszugehen brauchte – mit dem unanfechtbaren Spruch, der Schirm, der nun so lange gut gewesen sei, halte noch gern ein Jahr oder zwei aus, wenn man ihn nur schonend behandle.

Und ohne Gnade mußte meine Mutter nun das Jammergestell von Schirm geduldig tragen, obwohl sie jetzt wirklich schon eine junge Dame zu werden anfing. Bis sich die Großmutter ihrer erbarmte, den Schirm mit auf eine Reise nahm und ihn kurzerhand stehen ließ, ohne dem zornigen Gatten oder auch der dankbaren Tochter je zu verraten, wo.

Dann erst wurde der neue Schirm gekauft, ein schöner, grauseidener. Der hat dann ein noch romantischeres Ende gefunden, zehn oder zwölf Jahre später: wir Buben haben große, grüne Heupferde in seinen Falten geborgen und, wer hätte das auch gedacht, die nichtswürdigen Bestien fraßen sich durch den Stoff hindurch in ihre Freiheit.

Der Lotterie-Weinkeller

Was mein Vater auch für Tugenden und Schwächen gehabt haben mochte – jedenfalls, vom Wein hat er nichts verstanden. Nicht, daß er als ein Altbayer Biertrinker gewesen wäre; sparsam war er vor allem, und die Leichtigkeit, mit der wir Söhne später, viel später, Flaschen entkorken lernten, war den Münchnern vor dem Ersten Weltkrieg fremd.

Ist es nun wirklich so schändlich, vom Wein nichts zu verstehen und keinen im Keller zu haben? Nein, es ist so wenig eine Schande wie Armut, aber weh tut es doch; und es hat keinen Sinn, die andern, die Gesunden, die frohen Zecher, mit dem verächtlichen Wort »Saufbrüder« abzutun. Wer nichts verträgt, wer nicht mittun darf, der ist ausgeschlossen, in mehr als in einer Hinsicht, denn der Stammtisch ist nun einmal die letzte Hochburg der Männer, und auch die wirklich guten Geschäfte werden bei der Flasche gemacht, nicht bei der ersten natürlich. Entrüstet euch nicht, ihr Nichttrinker, es ist so; und wer aus unseliger Leibesbeschaffenheit sauer werden muß, wenn die andern süß zu werden anfangen und schwer vom Wein, der weiß es, daß ihm ein Paradies versperrt ist; schlecht kann es ihm werden, aber Spitz wird er nie einen kriegen – von einem richtigen Rausch brauchen wir gar nicht reden.

Freilich haben wir manch Kerngesunden in ein frühes Grab sinken sehen, weil er gern getrunken oder, deutlicher gesagt, maßlos gesoffen hat; und mein Vater ist trotz seines schweren Magenleidens, nach zwei Operationen, noch rüstig wie ein Junger fünfundachtzig Jahre alt geworden. Aber stichhaltig ist das auch nicht.

Daß wir übrigens keinen Wein im Keller gehabt hätten, ist natürlich übertrieben. Wir besaßen sogar einen fast mannshohen eisernen Weinkäfig, als Gelegenheitskauf billig erworben. Er rostete im finstersten und feuchtesten Winkel seiner Auflösung entgegen. Und nun kommen wir auch der Erklärung seines Namens »Lotterie-Weinkeller« näher. In seinem zerblätternden Gestänge berührten sich die Extreme. Mein Vater selbst besaß nur geringe Sorten, wie sie der Zufall zusammenbrachte. Sie ruhten neben Apfelsekt und Selterswasser, um vielleicht einmal im Fasching oder im Sommer zu einer jener billigen und »ganz leichten« Bowlen gemischt zu werden, die einen übermütigen Gast zu der Bemerkung verlocken konnten: »Durst hätte ich jetzt eigentlich keinen mehr, es wäre Zeit, etwas zu trinken!«

Daneben aber lagerten die edelsten Weine, Ehrengeschenke, mit denen die Stadt oder das Deutsche Museum unsere Festspiele und Vorsprüche abgalt. Infolge der Kellerfeuchtigkeit lösten sich jedoch bald die Zettel von den Flaschen, Stanniolhülsen aber trugen damals auch die minderen Sorten, und nach Jahr und Tag ruhten Moselblümchen und Gimmeldinger ununterscheidbar neben Johannisberger und Deidesheimer Kirchenstück. Von nun an war es Glückssache, ob wir den geeigneten Tropfen herausfanden. Wir feierten die höchsten Familienfeste bei schlichten Tischweinen, setzten erlesenen Gästen schieren Essig vor, kochten unser Blaukraut mit Rauentaler und merkten erst am überschwenglichen Dank des Hausmeisters, daß wir ihm eine Trockenbeerenauslese zum Geburtstag verehrt hatten.

In einer Zeit, in der Schwedenpunsch und Asti spumante die höchsten alkoholischen Genüsse der besseren Münchner waren, empfanden freilich meine Eltern die ganze Abgründigkeit solchen Frevels nicht. Und wir Buben, daß ichs nur gestehe, achteten weit früher auf die Zigarrenkisten unsres Vaters als auf seine Weinflaschen. Viele Jahre später ist dann mein Vater noch einmal das Opfer seiner völligen Ahnungslosigkeit geworden.

Kollege Kunkel hat ihn hereingelegt. Er war ein gewaltiger Trinker, ein Perpetuum mobile gewissermaßen, denn wenn er vor der vierten Flasche saß, hatte er die zwei ersten schon vergessen; der Wein vermochte ihn sozusagen nicht einzuholen. Der nun rühmte sich so gewaltig, der Knabe an der Quelle zu sein, daß er schließlich meinen Vater zu einer größeren Bestellung bewog, der ersten und letzten seines langen Lebens. Arglistig fragte er ihn, ob er auch, für besondere Feste, ein paar Spitzenweine mitschicken lassen dürfte, ein Dutzend Flaschen vielleicht; und mein Vater war gern damit einverstanden – was konnte da schon viel geschehen?

So kamen unverhofft noch ein paar Haupttreffer in unsern Lotterieweinkeller, es war guter Wein, wie wir nach weiteren zehn Jahren feststellten, bei der Goldenen Hochzeit der Eltern, tafelnd unter Luftalarm und Bombenwurf des zweiten Krieges. Damals freilich, als mein Vater die Rechnung bekam, neben den wohlfeilen Pfälzern zu anderthalb Mark noch zwölf Flaschen zwischen zwanzig und dreißig, freute er sich nicht, denn er war ja nicht der Mann, um das herauszutrinken, wie die Fachleute sagen. Ein Kenner, der sich den Himmel auf die Erde zwingt mit jedem Glas, ja mit jedem Tropfen, der trinkts heraus, mehr noch, wenn er sichs nur leisten kann, das Zahlen oder das Schuldigbleiben, denn Spitzenweine gibts, wir erzähltens unserm Vater zum Trost, zu sagenhaften Preisen, fünfzig Mark ist noch lange nicht das teuerste.

Immerhin waren diese zwölf Flaschen die ersten, die, soweit möglich, dem Lotteriebetrieb entzogen wurden. Mit klug ausgedachten Warnsignalen ausgerüstet, wurden sie in die entlegenste Ecke des eisernen Käfigs gesteckt; und wenn der eine oder andre von uns auf den dreisten Gedanken kam, bei ganz großen Anlässen vorzuschlagen, eine zu trinken, wurde er im Familienrat glatt überstimmt. Bis wir Kinder dann, eben bei jener Goldenen Hochzeit, kurzerhand den ganzen Weinschrank ausräumten, ahnend, daß nicht nur die beste, sondern auch die letzte Gelegenheit gekommen sei. Ein halbes Jahr später lag alles in Trümmern.

Im Jahr vierundvierzig, im Frühling, fuhr ich ins Schwäbische, ein Bekannter, der dort eine riesige Fleischwarenfabrik betrieb, hatte mich zu einer Besprechung gebeten; und obwohl das Reisen unterm fliegerdurchbrausten Himmel kein Vergnügen war, in übervollen Zügen, auf verstopften Strecken, ungewiß, ob das Ziel je erreicht würde – ich wäre zur Hölle gefahren, damals, angesichts solcher Verlockung, sich einmal satt zu essen und vielleicht gar ein paar Pfund Fleisch mitzukriegen als Gastgeschenk.

Und die bekam ich auch wirklich: einen Viertelzentner, wenn nicht mehr, schieres Fleisch, in einen Pappkarton verpackt, unhandlich, schwer zu tragen, die Finger schmerzhaft in den Draht geklemmt, der das Paket umschloß. »Und ich hab es doch getragen, aber fragt mich nur nicht, wie!«

Spät am Abend, nach vielen Alarmen, Aufenthalten und Umleitungen es kaum noch erhoffend, kam ich in München an. Die Stadt war von den Bombern heimgesucht worden; sie sah abscheulich aus. Da und dort brannte es, Häuser waren eingestürzt, die Drähte der Oberleitungen lagen am Boden. Auf Straßenbahnen war nicht zu rechnen; und ich wohnte weit weg, an der Isar. Wie sollte ich die schwere Last nach Hause bringen? Und vielleicht hatte ich Heim und Herd verloren und stünde, die Fülle des Fleisches in Händen, vor den Trümmern des Hauses?

Da kam ich, verzweifelnd schleppend, am Künstlerhaus vorüber und sah beim Pförtner noch Licht. Ich kannte den Mann gut und ging hinein; es waren noch Gäste da – nicht leicht wird einer, ders nicht mitgemacht hat, dieses Nebeneinander von Leben und Tod begreifen, wie es damals alltäglich war, wo dicht an dicht die einen die Leichen aus dem Schutt gruben und die andern sich bei dem unwiderruflich letzten Schoppen Wein trafen, der für die Eingeweihten noch ausgeschenkt wurde.

Ich bat also den Mann – und er war gern bereit dazu, mir bis morgen das Paket aufzuheben, ich wollte es dann, mit einem Rucksack ausgerüstet, abholen. Von der Last befreit, ging ich durch die lange Maximilianstraße dahin, aber drei Sorgen, ungleich wohl in ihrem Rang, nicht aber in ihrem Gewicht, bedrückten mich: meine Frau lag krank im Mütterheim, mit dem Söhnchen – wie mochte es ihnen gehen? Das Haus, ja die halbe Widenmayerstraße konnte in Flammen stehen oder in

Trümmern liegen; und das Paket, unschätzbar in seinem Wert, hätte ich es nicht doch mit letzten Kräften lieber heimtragen sollen, statt es so leichtsinnig fremden Händen – und Nasen anzuvertrauen? Gewiß, es war gediegen verpackt, nur mit einer Beißzange zu öffnen, es war geruchlos und verriet seinen Inhalt nicht. Aber gestohlen konnte es werden, aus Neugierde peinlich untersucht, mit Scharfsinn entlarvt oder von einem Hund gewittert, der sich dort herumtrieb: die Möglichkeiten des Verlustes steigerten sich zur häßlichsten Gewißheit: das Fleisch ist hin, nie mehr wirst du es sehen – du hast es ja überhaupt noch nicht gesehen, nur besessen hast du's, besessen warst du davon: ein Zauber wars, ebenbürtig dem Geist in der Flasche – Fleisch in der Schachtel, sündhaftes Fleisch!

Freilich, Schlimmeres war vorerst zu bestehen: die Isar rauschte unter der Brücke, ich bog, ihren Fluten entlang, in meine Straße ein: unversehrt stand sie noch, in der Frühlingsnacht dämmernd; unter den Bäumen des Flußufers ging ich dahin, pirschte ich mich heran, von Front zu Front spähend – alles in Ordnung! dachte ich, sollte ausgerechnet . . .? Du lieber Gott! seufzte ich ein Stoßgebet und erwürgte es gleich wieder: nur jetzt den lieben Gott nicht bemühen, dachte ich. Und da stand ja auch wirklich das Haus noch, schmal, zwischen zwei erdrückende Nachbarn gepreßt. Und die Tür tat sich auf, freundlich wie immer, das Licht ging an, die Treppe trug mich leicht empor – nur schmutziger wurde sie von Stockwerk zu Stockwerk und jetzt, im fünften, war es Schutt, notdürftig weggeräumt: also doch!

Was soll ich lang erzählen? Ein halber Schlag war es, das Schilf stachelte aus geborstenen Rabitzwänden, die Bücher lagen angesengt in Haufen, der Flügel war mit Brandwunden überspritzt und durchs Dach blinkte ein Stern.

Das Schlafzimmer, rückwärts, war noch ungetroffen, glimpflich war ich davongekommen, ich kroch ins Bett und schlief unverzüglich ein, so müde war ich.

Am andern Morgen erst, dumpf aus Träumen erwacht, in denen sich Weib und Kind, Bombentod und Verklärung des Fleisches zu scheußlichen Knäueln der Angst und Begierde verwirrten, schaute ich mir alles genauer an. Manches war ärger, manches hoffnungsvoller, als ich vermutet hatte. Das Telefon war hin, aber die meisten Lampen brannten noch.

Auch der Flurschrank und der Rucksack darin waren zum Glück unversehrt, und so machte ich mich auf den Weg, das

Paket zu holen. Bei erster Gelegenheit rief ich im Mütterheim an, ich erfuhr, daß es meiner Frau leidlich gehe, sie wußte schon mehr als ich selber: ihr Vater, meldete die Schwester, sei wie durch Fügung des Himmels gleich nach dem Angriff des Wegs gekommen, habe mit der Hausmeisterin und den Nachbarn zusammen gelöscht und den ärgsten Schutt weggeräumt. Leichteren Herzens eilte ich ins Künstlerhaus; so harmlos wie mirs nur gelingen wollte, fragte ich nach meinem Paket. Und siehe, es war wirklich da, wohl aufgehoben, unberührt. Nicht ohne Mühe zwängten wir, der Pförtner und ich, die unhandliche Last in den Rucksack. »Oh mei!« seufzte der Mann, »da sollt' halt jetzt lauter Fleisch drin sein!« Ich sah ihn erschrocken an: hatte er Verdacht geschöpft? Wollte er mit den so verfänglichen Worten eine mitwisserische Erpressung einleiten? Mir blieb der Atem stehen – aber schon schnaufte ich auf: nichts als die träumerische Seligkeit eines, ach, unerfüllbaren Wunsches war aus seinen Zügen zu lesen.

Beinah hätte ich, in einer Aufwallung von Großmut, ein offnes Geständnis abgelegt, hätte dem armen Teufel ein Stück Rindfleisch oder einen Nierenbraten angeboten: aber gerade noch erkannte ich, daß das Wahnsinn gewesen wäre. Und so sagte ich, wehmütig und arglos, wie ers grade gesagt hatte, ja, wie ein Echo seufzte ich: »Ja, da sollt' lauter Fleisch drin sein!« Schnürte den Rucksack zu, schwang ihn fesch auf die Schulter, als wäre er leichter, als er war und empfahl mich mit herzlichen Dankesworten.

Den Viertelzentner Fleisch nach Hause zu tragen, dazu reichten meine Kräfte und mein Verstand gerade noch aus. Nun aber war ich ratlos: wie es da aus dem Karton quoll, tiefrot und rosenfarben, von Rind und Kalb und Schwein – Fleisch, Fleisch, noch unverdorben, aber wie leicht verderblich! Nicht aufzubewahren, aber auch durch heimliches Fressen nicht zu bewältigen!

Zuerst fuhr ich – die Straßenbahn ging wenigstens streckenweise wieder – zu meiner Frau, ein prachtvolles Lendenstück siebenmal eingewickelt in der Tasche. Ich wollte sie um Rat fragen: wohin mit all dem Fleisch? Sie wußte es auch nicht. Ja, wenn sie gesund zu Hause gewesen wäre, sie hätte es eingeweckt, gebeizt oder wenigstens angebraten. Sie wollte nicht einmal das Lendenstück nehmen; jedenfalls, mehr dürfte ich ihr nicht bringen, es wäre allzu verdächtig. Wir überlegten, ob wirs an Nachbarn im Hause verschenken oder zu gelegentlich-späterm Tausch anbieten sollten? Um Gotteswillen nein – die Gerüche würden sich zum Gerücht verdichten, wilder Neid würde durch sämtliche Stockwerke geistern und der erste »Unbedachte« würde seinerseits ein unbedachtes Wort fallen lassen, beim Krämer, beim Schuster oder gar beim Blockwart. Freunde in der Stadt – aber wo waren sie? Ausgebombt, unbekannten Aufenthalts, oder weit in den Vorstädten zerstreut. Lediglich den Schwiegereltern konnte ich ein paar Pfund bringen, wenn ich einen halben Tagesmarsch dransetzte. Natürlich, einem Wirte hätte ichs anbieten können, aber welchen kannte ich so gut, daß ich ihm, ohne zum Schwarzhändler mißdeutet zu werden, unter vier Augen meine wunderliche Geschichte zuflüstern durfte?

Der sagenhafte Mann mit der geheimnisreichen Million im Koffer hätte noch leichter sein Geld unter die Leute gebracht, ja, ein Mädchenhändler wäre – wenn wir schon vom Fleisch reden – unverdächtiger seine Ware losgeworden, als ich im Frühjahr vierundvierzig diesen von Tag zu Tag, von Stunde zu Stunde mehr gefährdeten Berg von Filets und Schnitzeln, Rumpsteaks und Schweinsbraten.

Höchst wunderbarerweise wurde ich jedoch binnen der möglichen Frist von meinen Sorgen befreit: Freunde und Verwandte, die schworen, ganz zufällig und ahnungslos, aus reiner Nächstenliebe gekommen zu sein, stellten sich in auffallender, in unwahrscheinlich wachsender Zahl bei mir ein – ich möchte wetten, daß sie auf rätselhafte Weise das Fleisch, den verlockenden Braten gerochen haben. Und bald ließ ich auch wirklich jede Vorsicht fahren: es ging, in dem einzigen Hafen, den ich noch hatte – fast alles Küchengerät und Geschirr war schon in einer Ausweichwohnung – an ein unendliches Sieden, auf der einzigen Pfanne ein Brutzeln und Schmoren; Teller und Bestecke brauchten wir nicht, und Brot hatten wir keins.

Natürlich waren es nicht immer *die* Freunde, in deren Mägen ich all die Köstlichkeiten liebend gern hätte verschwinden sehen mögen: aber wie hätte ich die Würdigen erreichen und einladen können? Und so mühte ich mich wenigstens, nach Kräften selber mitzuschmausen, wie die Wilden waren wir, die einen Elefanten erlegt haben und ihn nun auffressen, ausgehungert und gierig, wohl wissend, ein solcher Glücksfall würde sich kein zweitesmal mehr ereignen.

Ein Glücksfall

Daß Gott am nächsten, wenn die Not am höchsten, ist ein schlechter Reim, aber doch oft eine gute Wahrheit. Anno siebzehn, als es gar nichts mehr zu essen gab, auch auf dem Lande nicht mehr viel, war ich zum Hamstern unterwegs auf einem Bauernhof und streifte recht hoffnungslos durch die Gegend.

Plötzlich sah ich, halb im Gebüsch verdeckt, ein Hühnerei liegen – wo eins ist, können auch zwei oder drei sein: es wurde aber ein halbes Schock, ich konnte den Segen kaum in meinem Hut bergen. Vermutlich hatten mehrere Hennen dort unter den Stauden, gegen die Dienstvorschrift, ihre Eier verlagert; und die Bäuerin mag sich über ihre faulen Mistkratzer nicht schlecht geärgert haben. Mir aber und den Meinen ward es zum Himmelssegen – kaum ein Verleger hat mir später so viel Freude gemacht, wie damals diese Verlegerinnen. Freilich war eine ganze Anzahl der Eier schon hinübergegangen, aber wir waren nicht wählerisch seiner Zeit – und was nicht zu jenem gütigen Himmel stank, der uns diese Gottesgabe zugespielt hatte, kam in die Pfanne. Nie vorher und nachher haben wir Rühreier mit tieferer Rührung gegessen.

Ein Mosbacher

Was ein Mosbacher ist, die alten Münchner wissens noch und können mit manchem schlagenden Beispiel aufwarten. Die Gebildeten haben dem Wort das Gemütliche genommen, sie sprechen von einem faux pas oder umschreibens mit der Wendung, daß man im Hause des Gehenkten nicht vom Strick reden dürfe.

Nun, einen solchen Mosbacher treibt mir grad der Wirbel der Erinnerung hoch, wie uns ja manche wunderlichen Gestalten noch einmal flüchtig erscheinen, ehe sie für immer aus dem Gedächtnis entschwinden.

Diesmal ists die alte, zaundürre Frau Siry, die nach dem Ersten Weltkrieg zu uns als Störnäherin kam und Grabesluft um sich verbreitete. Sie erzählte unserer Köchin und auch uns natürlich, wenn wir grad in der Nähe waren, tausend Wichtig- und Nichtigkeiten aus ihrem kümmerlichen Dasein und erging sich soeben ausführlich über die beengten Wohnverhältnisse in ihrem Herbergshäusl in der Au, in das sie auch ihren aus dem

Feld heimgekehrten Sohn und seine Braut aufgenommen hatte.

»Ja, wissen S', Fräuln Berta, oft sitz i a Stund lang auf'm Abort, net, damits ja koan Zwist net gibt, net, denn die jungen Leut wolln halt aa amal unter sich sein, net?«

Und in einem jähen Ausbruch von Gram und Groll fügte sie hinzu: »Denken S' Ihnen nur, Fräulein Berta, ein *Dienstmädchen* will mein Sohn heiraten!« – und merkte gleich, was für einen schrecklichen Mosbacher sie gemacht hatte. »Jessmarandjosef!« rief sie, winselnd vor Angst und Unterwerfung, »Fräuln Berta, net eins wie Sie, wo denken Sie hin – ein ganz ein gewöhnliches Dienstmädchen!«

Der Namensgleiche

Es ist nicht weiter erstaunlich, daß zwei, ja daß hundert und tausend Menschen Karl Müller heißen und wenn dann obendrein beide in einer Kompanie zusammentreffen oder sich in der gleichen Stadt als Anwälte niederlassen, dann hilft man sich leicht mit den römischen Ziffern eins und zwei aus, und wenn gar ein solcher Karl Müller wegen Raubmords ins Zuchthaus gekommen ist, dann läßt ein Dutzend Namensvettern in die Zeitung rücken, daß sie mit diesem weder personengleich noch verwandt sind und daß man also zu ihnen nach wie vor das Zutrauen haben kann, daß sie keinen umbringen.

Aber ich könnte schon mit seltsameren Zufällen aufwarten, just solchen, die mir selber begegnet sind. Daß ich zu ungewohnter Zeit in Taormina der einzige Gast eines großen Hotels war (ein scheußlicher Zustand übrigens, so verloren in einem riesigen Speisesaal täglich ein Menu herunterzuessen und mit jedem Gabelklirren einen Kellner herbeizuzaubern) und daß endlich ein zweiter kam, ein Herr meines Alters, der als Zimmernachbar den geräumigen Balkon mit mir teilte – nein, das ist noch nicht verwunderlich: aber daß er sich am ersten Abend vorstellte: »Roth ist mein Name!« und ich, das Drollige sofort durchschauend, ernst und knapp mich verneigte und auch »Roth« sagte, das ist doch wohl ein wenig spaßhaft. »Jawohl, Roth!« sagte der Herr freundlich, ahnungslos, nur um mir zu bestätigen, daß ich ihn richtig verstanden hätte. Ich ließ ihn noch ein wenig zappeln, er buchstabierte mir schließlich, schon ein bißchen gereizt, den Namen, bis wir mit Gelächter die Komödie der Irrungen auflösten.

Auch auf meinem eigenen Grab bin ich schon einmal gestanden, und ich muß gestehen, daß mir das doch schier grauslich vorgekommen ist. Bei der Beerdigung eines Freundes füllten die Trauergäste den ganzen Umkreis, so daß wir auch auf die umliegenden Gräber traten. Und da sah ich, daß der Stein, an den ich mich gelehnt hatte, die Inschrift trug: Dr. Eugen Roth. Und da ich immerhin, laut Adreßbuch, unter hundert Roths der einzige Doktor Eugen bin, war ich doch einigermaßen betroffen.

Daß es zwischen mir und meinem Vater genug Verwechslungen gab, wird niemanden verwundern, der weiß, daß wir beide Schriftsteller sind, beide Jahre lang an der gleichen Zeitung gearbeitet haben und daß mein Vater, Hermann Roth, weit über München hinaus durch Festspiele und Vorsprüche (vor allem das Münchner Kindl, das früher bei keiner Tagung oder Feier fehlen durfte) bekannt geworden ist, bis ich ihm auch hier ins Handwerk pfuschte. Nun ist freilich mein Vater mit seinem Kopf, seinem Spitzbart und seinem weißen, flatternden Künstlerschlips eine weitaus bekanntere Erscheinung der blühenden Münchner Zeit gewesen als ich. Und flüchtig, wie die Menschen nun einmal sind, verwechselten sie ohne weiteres die Vornamen und trauten auch die heiteren Gedichte vom Menschen, Wunderdoktor und der Frau in der Weltgeschichte dem sonnigen Humor des alten Herrn weit eher zu als dem weniger verbindlichen Sohn. Kurz, es kam Jahre lang zu Vertauschungen dritten und vierten Grades, gegen die der selige Galletti mit seinem: »Zuerst hielt ich Sie für Ihren Herrn Bruder, dann sah ich, daß Sie es selber waren, und jetzt sind Sie doch Ihr Herr Bruder!« nicht aufkommt.

Trotzdem, der eigentliche Grund, warum ich mich so eingehend mit mir selber beschäftigte, ist das auch nicht. Aber, lieber Leser, stelle dir vor, du kriegst, wie ich, einen Feldpostbrief, in dem dir ein braver Soldat schreibt, daß er es seinen Kameraden erzählt hat, wie er im Jahre dreiunddreißig mit mir zusammen im Bräuwastl in Niederhausen gearbeitet hat und daß mein letzter Aufritt im Jänner »groses aufsehn eregt« hat bei ihnen. Und jetzt möchten sie, daß ich ihnen zwei »Exenplare schiken« soll – von der Frau in der Weltgeschichte und von der Briefmarke!

Daß ich auftrete, hundertmal schon aufgetreten bin und darunter auch gelegentlich mit der ernsten Erzählung von der

Briefmarke, läßt sich nicht leugnen, so wenig wie das, daß ich in der oft verballhornten Widenmayerstraße wohne, und somit der Brief des wackeren Schützen richtig auf mich abgezielt scheint. Aber niemals habe ich mit ihm in Niederhausen gearbeitet!

Nach der ersten Verblüffung habe ich gleich gemerkt, wer da die Hand im Spiel hat: Mein Herr Namensvetter, der Komiker Eugen Roth! Er hat eigentlich Rothhäusl geheißen, aber das Häusl kurzerhand abgebrochen. Ich habe ihn noch nie auftreten sehen, und wahrscheinlich hat er noch nie meine Bücher gelesen. Aber er war damals ein beliebter Alleinunterhalter, der nach allem, was ich über ihn gehört habe, vieles gekonnt hat, was ich nie und nimmer fertig brächte, schon weil ichs nicht gelernt habe und auch leiblich ganz anders gewachsen bin. Und nun hatte er, gewiß ohne sein Zutun, den großen Vorsprung mir gegenüber, daß niemand mir seine darstellerischen Künste unterschob, ihm aber offenbar viele meine schriftstellerischen. Wer ist dran schuld? Nur der Humor? Würde ich düstere, fünfaktige Trauerspiele schreiben, kein Mensch käme auf den Gedanken, mich mit einem Mann zu verwechseln, der eine Faschingsnase aufsetzt und Klarinette spielt.

Öfter sind Menschen, die mich vorlesen hören wollten, in einen seiner heiteren Abende gegangen und waren nicht wenig verblüfft, was für ein Eugen Roth da vor sie hintrat. Und ich, umgekehrt, bin mindestens einmal das deutliche Opfer einer Verwechslung geworden. Die Veranstalter, unwissende »Kraft durch Freude«-Funktionäre, hatten mich als einen Bringer Münchner Humors angekündigt, und mir ahnte schon Schlimmes, als ich sah, wer da alles in den Wirtshaussaal strömte. Und mit dem ersten Wort, das ich sprach, war ich verraten und verkauft. Nur, wer selbst dergleichen erlebt und erlitten hat, kann sich vorstellen, was es heißt, eine geschlagene Stunde lang einer falschen Hörerschaft Gedichte vorzulesen, sie können so heiter sein, wie sie wollen: Leuten, die mit Kind und Kegel gekommen waren, um eine handgreifliche bayrische Gaudi zu genießen. Genug davon, ich mag gar nicht mehr dran denken, wie jämmerlich mir zumute war und wie erbost die Leute schimpften, die sich um einen lustigen Abend betrogen sahen.

Erzählungen

Den Mörder habe ich gut gekannt. Den Kopf, den sie ihm nachher abgeschlagen haben, den hab ich oft zwischen den Händen gehalten, vor dreißig Jahren, wie es noch ein rundes Kinderköpferl war mit einem schier weißen, seidenweichen Wirbel drauf und zwei kugelblanken, wasserhellen Augen drin. Später ists dann ein rechter Bubenschädel geworden, ein rotbackiger, immer vergnügt und breit vor Lachen.

Mehr als einmal ist ein Loch in den Schädel geschlagen gewesen und einmal sogar eins, das der Bader hat zunähen müssen. In der Holzlege haben die Lauser gespielt, wie halt Kinder spielen. Es ist seinerzeit der Raubmörder Kneissl gefangen worden und weil ein romantischer Lump noch immer was gegolten hat im Volk, haben die Großen wie die Kleinen von nichts anderem erzählt und der Knecht hat auch nichts besseres gewußt, als daß er den Buben gezeigt hat, wie jetzt der Kneissl um einen Kopf kürzer gemacht wird und hat mit dem Beil einen Fichtenast abgehackt, daß die Schneide im Holzstock geblieben ist.

Die Kinder müssen alles nachmachen, der Toni ist als Raubmörder ausgezählt worden und der Fuchsbauernkaspar hat den Scharfrichter spielen sollen. Es hat aber keinem seine Rolle recht gepaßt und da haben sie ausgemacht, daß sie hernach tauschen und es nocheinmal tun; aber so weit ist es nicht mehr gekommen, damals. Der Toni nämlich legt den Kopf auf den Holzstock, der Kaspar, noch keine sechs Jahre alt, hebt das Hackl auf, aber da ist es ihm zu schwer und schon fährt die scharfe Axt dem Toni ins Genick und das Blut läuft ihm in Strömen den Hals hinunter.

Es ist natürlich nicht so arg gewesen, wie es zuerst hergeschienen hat; aber die Spitznamen sind den zwei Burschen geblieben. Wo sie sich haben sehen lassen, sind sie damit gefoppt worden: »Da kommt der Kneissl und sein Henker!«

Was aber den Toni anlangt, so ist er ein braver und fleißiger Mensch geworden, er hat auch den großen Krieg mitgemacht, vier Jahre lang und ist wieder gut in die Heimat zurückgekommen, wo er dem Vater geholfen hat als Wegmacher und in der kleinen Häuslwirtschaft.

Der Vater ist dann lang krank gewesen, die Mutter war schon unter der Erde. Der Doktor und die Medizinen haben den Vater auch nicht gehalten, aber das Häusl haben sie hart angepackt und wie jetzt die Millionenzeit gekommen ist, hat sie das ganze Sach mitgerissen und die tüchtigsten Hände haben es nimmer halten können.

Der Toni hat dann, wie der Vater eingegraben und das Gütl vergantet war, aus der Gegend fort wollen, so hat es ihn auch angekommen ist. Aber in der letzten Stund noch ist er dem Fuchsbauernkaspar, seinem Spielkameraden, in die Hände gelaufen.

Der hat sein absonderliches Schicksal hinter sich gehabt. Er ist nämlich noch keine vier Wochen wieder daheim gewesen. Aus Sibirien ist er gekommen, aus russischer Gefangenschaft, im Frühjahr zweiundzwanzig.

Seitdem ist er schier Tag und Nacht beim oberen Wirt gesessen und hat erzählt. Es ist zuerst ein mordialisches Geriß um ihn gewesen, weil er so viel zum Reden gewußt hat von den Kosaken und wie ihn die vom Pferd heruntergestochen haben, denn er hat bei den schweren Reitern gedient, und wie sie ihn immer weiter hinein verschleppt haben ins tiefste Rußland. Und wie sie Gras gefressen haben vor Hunger und wie die Seuche ausgebrochen ist im Lager, daß sie hingestorben sind wie die Fliegen. Und er, der Kaspar, war auch schon für tot auf einen Karren geworfen worden, aber ein Kamerad, der Leitner Peter von Aufhausen, hat gesehen, wie sich mitten in dem Totenhaufen an einer Hand plötzlich die Finger gerührt haben. Und er hat die Hand gepackt und nicht mehr ausgelassen, bis der Karren in die Leichengrube abgeladen worden ist. Und hat so den Kaspar noch einmal ins Leben zurückgeführt. Aber den Leitner Peter haben sie drei Tage später hinausgefahren und dem ist nicht mehr zu helfen gewesen.

Den Kaspar hat es nach der Zeit noch weit verschlagen, die Bolschewiken sind gekommen und dann wieder die Weißen und noch einmal die Roten, und es sind die meisten Kriegsgefangenen damals elend zugrund gegangen. Der Kaspar ist wohl herausgekommen, über China, aber spät erst und an seiner Gesundheit und Kraft hat er bösen Schaden gelitten; das muß man ihm freilich zugut halten.

Er hat also erzählt und getrunken und wieder erzählt und immer ruhmrediger ist er geworden. Aber was die vernünftigeren Männer waren, die haben sich die Geschichten nur einmal angehört oder vielleicht zweimal und sind dann ausgeblieben; oder sie haben dem Kaspar rund heraus gesagt, er soll froh sein, daß er wieder daheim ist und soll lieber auf den Hof schauen, als andre von der Arbeit abhalten.

Der Fuchsbauernhof ist nämlich, bevor sie ihn damals zertrümmert haben, der größte Besitz weitum gewesen und der schönste jedenfalls. Von der Bank bei der Tür aus hat eins die ganzen Berge frei über den See hin betrachten können und einen so prächtigen alten Schlag Nußbäume findet eins nicht leicht wieder, wie der hinterm Hof war, den ganzen Hügel hinunter. Es hat uns bitter weh getan, wie sie den ganzen Bestand geschlagen haben; es ist gewesen, als ob alles hin sein müßte, und wir haben uns ja nicht wehren können, damals, wo jeder Bauer froh war, wenn sie ihn nicht selber gelegt haben. Die alte Axt hat freilich nicht mehr mitgeschwungen, mit der damals der Kaspar dem Toni ins Genick getroffen hat, der Scharfrichter dem Kneissl. Die liegt auf dem Gericht in Traunstein, wahrscheinlich heut noch.

Seit dem Krieg ist der Hof verwahrlost gewesen. Mit seinen Kindern hat der Bauer kein Glück gehabt. Der Älteste, der Gregor, ist gleich im Oktober vierzehn bei Ypern gefallen. Der wäre der Rechte gewesen für das Anwesen. Die Tochter, die Walburga, hat sich vor der Zeit auszahlen lassen, noch als blutjunges Ding hat sie sich an einen Schönschwätzer aus der Stadt gehängt, der Lump hat das Geld verputzt und hat sie sitzen lassen, in Hamburg oder wo; und heim hat sie sich nicht mehr getraut.

Wie jetzt auch noch der Kaspar vermißt war und in Rußland verschollen, da war kein guter Geist mehr über dem Hof. Der Alte hat die Zügel schleifen lassen, er hat keinen Sinn mehr gesehen, um den er sich plagen sollte. Die Frau ist ganz verhärmt gewesen und aus der Kirche fast gar nicht herausgekommen. Und die Dienstboten haben Schindluder getrieben mit den geschlagenen alten Leuten und schließlich hat der Bauer sie fortgejagt, weil ihm der leere Stall und das Unkraut auf dem Acker lieber war als die Lotterwirtschaft der Knechte und Mägde im Hause.

Der gute Geist ist auch mit dem Kaspar nicht zurückgekommen; denn der hat keine Kraft mehr mitgebracht zum Wiederanfangen. Und wenn ihn einer drum angeredet hat, dann hat er bloß gesagt, hab ich acht Jahre warten müssen, kann ich ein neuntes auch noch warten und ich habe mitgemacht genug und geleistet für die Heimat.

So hell ist er aber doch gewesen, daß er gespannt hat, wie Warten zehrt und daß, wer nicht sät, auch nicht ernten kann. Wie er also damals seinen Gespielen wieder getroffen hat, in einer Zeit, wo kein Ackerknecht zum Auftreiben war und ein so guter wie der Toni schon gar nicht, da hat er ihn nicht laufen lassen.

So gern der Toni in der Heimat geblieben ist, grad beim Fuchsbauern wär er lieber nicht eingestanden. Aber der Kaspar hat ihm ein Gelöbnis ums andre gemacht und die Alten gar haben gebettelt, daß er dableiben soll. Und wirklich ist dann auch der Kaspar den Sommer über besser zum haben gewesen, der Bauer selber hat wieder Freude gehabt und der Toni hat angeschoben, für drei. Und vielleicht wär noch alles gut geworden, wenn den Bauern nicht am Leonharditag ein Roß geschlagen hätte. Und er ist noch bis gegen Weihnachten herumgelegen und dann ist er gestorben.

Jetzt ist der Kaspar Herr auf dem Hof gewesen. Er hat seine guten Vorsätze schnell vergessen, hat das Wirtshaussitzen wieder angefangen und das Aufdrehen und die Leut rebellisch machen mit Rußland und den Bolschewiken. Aber zuletzt haben ihm nur mehr die Hallodri zugehorcht; und gegen einen Schnaps haben es ihm die jederzeit bestätigt, daß er sich den Dank des Vaterlandes verdient hätte und was er sonst gern gehört hat.

Um seinen Hof hat er sich wenig geschert. Hier und da ist er für ein paar Tage oder Wochen bei der Arbeit gewesen, dann hat er sie grad so jäh wieder liegen lassen; auf ihn zählen hat man nicht können. Der Toni war es gar nicht einmal unzufrieden. Wenn der Bauer sein Biergeld gekriegt hat, ist ihm sonst alles recht gewesen und angeschafft hat bloß der Toni. Im Rausch hat der Kaspar zwar manchmal große Sprüch gerissen, wer denn hier der Herr sei und wer der Knecht. Aber es hat niemand aufgepaßt, der Toni nicht, die alte Mutter nicht und das Gesinde nicht.

Der Toni ist der wahre Bauer gewesen und ist mit dem Hof mehr und mehr verwachsen von einem Jahr ins andre. Jede Ackerbreite hat er gekannt und jeden Boden, jede Kuh und jede Henne, jeden Baum im Wald und jedes Stück Holz und Eisen im Schuppen. Das Beil von damals ist auch noch darunter gewesen; er ist einmal eigens zu mir herübergekommen, wie er es gefunden hat. Ich hab noch Spaß gemacht seiner Zeit und weil ich einmal als Bub in einem Indianerbüchl so was gelesen habe, hab ich gemeint, er sollt es eingraben, tief in die Erden, damit kein Streit daraus werden könnt und kein Unfrieden. Aber im Ernst haben wir uns alle zwei nicht viel dabei gedacht.

Nicht lang drauf ist, gegen alles Vermuten, die Walburga wieder aus der Fremde gekommen. Sie ist zuerst bei mir eingekehrt, ich hätte sie nicht mehr gekannt, aber sie ist noch ein schönes und festes Frauenzimmer gewesen, wenn sie auch viel mitgemacht hat draußen. Und sie hat mich nach allem gefragt und ich hab ihr die Wahrheit gesagt über den Kaspar und den Toni. Und dem Toni hab ich Botschaft gegeben, daß er herüberkommen soll und dann haben die zwei sich gesehen, seit ihrer Jugend wieder zum erstenmal; und er ist so gut zu ihr gewesen und hat ihr Mut gemacht zum Dableiben, dem Bruder würde es schon recht sein, dem Bauern; und der alten Mutter gar.

Der Bruder, der Kaspar, hat gesagt, wenn sie kein Geld will, arbeiten und essen kann sie gern und lachen müßt er, wenn der Gregor gar nicht gefallen wär und auch wieder heimkäme; und er ist gar nicht unwirsch gewesen zu seiner Schwester, damals, im Anfang, weil er endlich wieder ein Paar Ohren gehabt hat, denen er die alten Geschichten aus Rußland neu hat erzählen können.

Die Walburga hat das Bäuerische nicht vergessen gehabt und doch allerhand Städtisches dazugelernt. Es ist gewiß nicht wahr gewesen, daß sie draußen ein schlechtes Mensch geworden war, aber die Leute im Dorf haben allerhand wissen wollen und haben es ihr nicht leicht gemacht. Sie aber hat es still ausgehalten und es ist ihr Hilfe genug gewesen, daß die Mutter auf ihrer Seite gestanden ist und der Toni auch. Sie hat eine glückliche Hand gehabt und es sind nicht bloß die Nelkenstöcke im Fenster gewesen, die neu geblüht haben, seit sie wieder da war.

Es hat damals so hergeschaut, als müßte alles gut hinausgehen. Der Kaspar ist zufrieden gewesen, wenn er zum Schein hat anschaffen dürfen und wenn er sein Geld gekriegt hat und es ist ja die papierene Zeit gewesen, in der es gleich war, ob einer heut die Fetzen versäuft oder ob er sie morgen wegwirft.

Aber dann ist über Nacht die neue Mark gekommen und die Pfennigwirtschaft hat angefangen. Ein blanker Taler ist wieder rar gewesen und ein Bauer hat fest dahinter sein müssen, sonst haben sie ihm schnell Schulden angehängt und dann noch schneller den Hof zertrümmert.

Jetzt ist der Unfrieden angegangen. Der Kaspar ist tückisch geworden und hat den Herren herausgehängt hinten und vorn. Er hat das Geld vertan, das für das Saatgut gehört hätte und ist mit den Rössern in die Stadt gefahren, wenn sie auf dem Acker am notwendigsten gebraucht worden wären. Die Schwester hat er einen Fetzen geheißen und den Toni hat er beschimpft und er wüßte schon, wo sie hinauswollten, aber da hätten sie die Rechnung ohne ihn gemacht.

Zwischen den beiden ist gewiß die Liebe schon hin und her gegangen vom ersten Tag an, wo der Toni die Walburga an der Hand wieder in ihre Heimat geführt hat. Aber leicht haben sie es dieser Liebe nicht gemacht, denn es sind saubere und harte Menschen gewesen und sie haben sich schier feindselig voneinander gesprengt, wenn es sie allzuwild zusammengetrieben hat. Tief drinnen ist freilich wohl eine Süßigkeit gewesen, von der die schwachen Menschen nichts wissen, die gleich beim ersten Schub übereinanderfallen wie die Kegel.

Der Kaspar hat es immer schlechter getrieben, aber die zwei haben es ausgehalten, weil sie dableiben haben müssen, auf dem Grund und Boden, aus dem sie sich nicht haben reißen können. Die alte Mutter ist drüber gestorben, in Kummer und Verzweiflung. Und auf dem Sterbebett hat sie gesagt, »was einem der liebe Gott nimmt, soll man ihm lassen, sonst bringt's einem der Teufel wieder!« Und es ist wirklich eine höllische Zeit geworden auf dem Fuchsbauernhof. Und dann ist das Verhängnis gekommen, Schlag auf Schlag.

Der Bauer hat dem Toni gekündigt. Das hat er schon oft getan gehabt, aber es ist immer ein leeres Gerede gewesen, von dem er am andern Tag nichts hat wissen wollen. Aber diesmal sind sie hart aneinandergefahren, und der Toni hat gesagt, jawohl, er geht; und hat in der ersten Wut den Koffer gepackt. Und der Kaspar hat eingespannt und ist über Land gefahren. Das ist im Jahr sechsundzwanzig gewesen, an einem Sonntag, mitten in der Erntezeit.

Der Toni hat wirklich fortgehen wollen, ohne Abschied, arm, wie er gekommen war vor fünfthalb Jahren auf die fremde Erde, die seine Heimat geworden ist.

Aber den Ackergrund hat er noch einmal anschauen wollen und das ganze Gehöft, das sauber und stattlich dagestanden ist, aus seiner Hände Arbeit und nur für einen, der es versaufen würde und verlumpen, noch vor dem Herbst.

Und wie er droben gestanden ist auf der Höhe und hat über den See hinübergeschaut auf die Berge, und es hat ihn schon bitter gereut, daß er dem Zorn nachgegeben hat, da ist auf einmal die Walburga neben ihm gestanden und in der Stunde sind sie ineinander aufgebrochen und haben sich nicht mehr gehalten, nein, sie haben sich losgelassen in ihre Liebe und in ihr Schicksal. Und haben sich geschworen, daß sie den Hof halten wollen, bis zur letzten Kraft.

Und die Nacht drauf ist so schön gewesen im vollen Mond und so warm und hell vor Sommer, und da hab ich sie gehen sehen, über die Wiesen hinauf und sie sind in ihr großes Glück und in ihr großes Unglück gegangen.

Der Toni hat am Montag früh die Arbeit wieder angefangen und der Bauer hat getan, als ob nichts geschehen wäre. Er ist auch die nächste Zeit recht kleinlaut gewesen und die Ernte ist schier im Frieden hereingebracht worden. Auch der Toni war damals froh und voller Zuversicht.

Aber die Walburga hat das Unerlaubte zuerst spüren müssen. Sie hat es lang nicht glauben wollen und hat sich dann keinen Rat gewußt; wie das Kind in ihrem Schoß schon gelebt hat, da hat es der Toni noch immer nicht gemerkt in seiner Schwerfälligkeit und gradheraus hat es ihm die Walburga nicht sagen wollen, weil sie noch und noch einen Ausweg sich erhofft hat.

Aber der Bauer, ihr Bruder, der Kaspar, der hat es gemerkt; der Teufel in ihm muß das gespürt haben, daß er jetzt die zwei Menschen ganz in die Hand bekäme, wie ers wollte. Er hat es ihr auf den Kopf zugesagt und wie sie sich hat herausringen wollen, ist er ganz falsch und freundlich geworden und hat an sie hingeredet, aber schon so vorsichtig, daß sie es zuerst lang nicht begriffen hat. Er hat aber nur wollen, daß sie von sich aus ihn um Hilfe angeht, das Kind wegzubringen, dann hätte er ein Messer in der Hand gehabt gegen sie. Aber wie sie gemerkt hat, auf was er hinauswill, hat sie ihn stehen lassen, ohne ein Wort.

Die Vernunft hätte noch zehn Wege für einen aus solchem Wirrsal gewußt, denn es ist noch nichts verspielt gewesen. Die Walburga hätte sich dem Toni entdecken müssen und vielleicht wäre es besser gewesen, sie wären dann miteinander fortgegangen, lieber in die Fremde und in die Not, als in die Schande und in den Tod. Die Frau als Kaspars Schwester hätte einen Antrag auf Entmündigung ihres verlotterten Bruders stellen können. Hernach, wie ich dem Toni das geraten habe, ist es schon zu spät gewesen, aber wir habens alle zwei nicht gewußt, ich nicht und der Toni nicht.

Die Vernunft löst die Menschen leicht voneinander, aber das Schicksal bindet sie mit Ketten zusammen. Wenn es nur sehende Menschen gäbe, Fenster gibt es genug, aus denen sie noch nicht herausgeschaut haben und Wege, die aus dem Finstern führen. Aber es muß schon so gewesen sein, daß die kindliche Komödie vom Mörder Kneissl und vom Scharfrichter zu Ende hat gespielt werden sollen und niemand weiß, um wessen Schuld willen.

Der Bauer ist, gegen seine Gewohnheit, auf die Abfuhr hin nicht herb geworden gegen seine Schwester, er hat gesehen, wie sie im Netz gezappelt hat und wie ihr die Frist kürzer geworden ist von Tag zu Tag. Es ist schon gegen den Advent hingegangen. Da hat er sie drum angeredet und hat gesagt, das werde sie doch selber nicht glauben, daß er sie als schwanger auf dem Hofe herumlaufen lasse und mit einem ledigen Kind. Und wie sie ganz verzagt gewesen ist, hat er gefragt, warum sie den Toni nicht heiratet. Und da hat sie's ihm gestanden, ausgerechnet ihm, dem sie's zuletzt hätte sagen dürfen, was wir alle erst erfahren haben, wie es zu spät war, viel zu spät; daß sie nach dem Gesetz noch verheiratet ist mit jenem Menschen, dem sie damals nachgelaufen ist in die Fremde und der jetzt wer weiß wohin verschollen ist. Und zuerst hätte es ihr nicht geeilt und jetzt wäre es ja doch wohl zu spät, denn bis bloß die Nachforschungen erledigt wären, wäre das Kind schon lang da.

Der Bauer hat keinen Funken von Anstand und Menschlichkeit mehr gehabt, so verrottet ist er schon gewesen. Er hat nur gesehen, daß ihm das Schicksal jetzt das Messer, das er braucht, in die Hand gespielt hat, ein Messer, mit dem er zustechen kann, wann er mag. Keinen Muckser dürfen die zwei mehr tun, wenn er mit dem droht, was er jetzt weiß.

Er hat recht geringschätzig gelacht und hat gesagt, wo kein Kläger ist, da ist auch kein Richter und wenn du den Mund halten kannst, hat es niemand gehört als dein Bruder. Und der Teufel müßte die Hand im Spiel haben, wenn das jemals aufkommen soll. Und die Walburga hat es nicht gemerkt, daß grad der Teufel schon in ihrem eignen Bruder steckt und ist dumm geworden und hat sich überreden lassen.

Der Bauer ist dann gleich zum Toni gegangen und hat ihm die Augen geöffnet über den Zustand der Walburga und der gute Kerl ist ganz glücklich gewesen, daß der Bauer der Heirat nichts in den Weg legt.

Das alles ist erst hernach in der Verhandlung in Traunstein zur Sprache gekommen vor dem Schwurgericht; ich bin seinerzeit Bürgermeister gewesen und habe die zwei ohne Arg ausgehängt. Die Walburga ist als ledig fort und ist allein zurückgekommen und die andern Papiere sind alle in Ordnung gewesen. Der Pfarrer hat sie, wie es Brauch ist, dreimal von der Kanzel aufgeboten und um Weihnachten haben sie in aller Stille geheiratet.

Es hat jeder Rechtschaffene dem fleißigen und braven Paare das Beste gewunschen und gehofft, daß es jetzt Friede wird auf dem Fuchsbauernhof. Wir haben uns halt gedacht, daß der Bauer seine Pfründe dort hat und daß er lebt von der Arbeit der andern, bis er sich über kurz oder lang den Tod hergetrunken hat. Und dann hätten die zwei den Hof kriegen müssen.

Es ist aber anders gekommen, schon im Januar. Der Postbote hat eines Tags ein paar Zahlungsbefehle gebracht und es hat sich herausgestellt, daß der Bauer Schulden gemacht hat, in der Stadt, schon seit Jahr und Tag. Viel ist es nicht gewesen, aber wo keine Mark im Hause ist, da ist jeder Pfennig zu viel.

Der Bauer hat mit seiner Schwester geredet, die ist blaß geworden wie der Tod und hat geweint und der Toni hat sich nicht erklären können, warum. Der Bauer aber hat eingespannt und ist in die Stadt gefahren, seine Schulden zu bezahlen.

Zwei Wochen später hat er angefangen, ganz unverschämt vom Toni Geld zu verlangen. Der hat sich gewehrt, weil es der Hof nicht verträgt; er hat zu seiner Ehefrau gesagt, sie müßte jetzt gleich zudrehen bei ihrem Bruder, sonst vertröpfle das ganze Gut oder fange gar zu rinnen an. Aber die Frau hat gemeint, man solle die paar Mark hergeben um des lieben Friedens willen; und lang mache es der Kaspar ja doch nimmer. Aber der brauchte es nicht mehr lang zu machen, denn er hat gleich drauf, allem Nachgeben zum Trotz, zum härtesten Schlag ausgeholt: An Lichtmeß nämlich hat der Kaspar erklärt, daß er jetzt den Hof verkaufen will und in die Stadt ziehen; er hat es satt, als der Bauer und Herr bei der Lumpenverwandtschaft um jeden Pfennig betteln zu müssen.

Damals ist der Toni in seiner höchsten Not zu mir gekommen. Jetzt im Winter, wo die Frau das Kind erwartete, hat er ja nicht fortkönnen und zum Aushalten ist es nicht mehr gewesen. Wenn der Hof nicht zum Halten war für den Erben, dann hatte es keinen Sinn mehr, in der Hölle dieses Teufels zu leben.

Wir haben uns im Gemeinderat zusammengesetzt und sind entschlossen gewesen, dem ärgerlichen Treiben des Trunkenbolds ein Ende zu machen. Wir sind uns einig gewesen, daß die Walburga gegen den Bruder Entmündigungsklage anstrengen muß. Der Toni hat sich gewehrt dagegen, er hat nicht haben wollen, daß es heißt, er hätte sich in den Hof gesetzt und den Bauern hinausgedrückt. Endlich haben wir ihn soweit gehabt, daß ers wenigstens mit der Frau hat besprechen wollen. Er ist aber noch den selben Abend ganz verstört wieder zu mir herüber gekommen und hat gesagt, die Frau hätte ihn kniefällig gebettelt, nichts gerichtsmäßiges gegen den Bruder zu unternehmen. Wir sind wie vor den Kopf geschlagen gewesen, aber der Toni hat uns auch nichts erklären können. Er hat uns nur immer wieder gesagt, daß ihm alles so spaßig vorkommt.

Denselben Abend ist einer, der um die Entmündigungsgeschichte gewußt hat, ich will ihn nicht nennen, er trägt selber schwer genug dran, im Wirtshaus mit dem Kaspar zusammengerumpelt. In seinem rauschigen Zorn hat er drauf hingespielt, dem Bauern würde das Handwerk schon gelegt und wie ihn der immer hitziger hinaufgetrieben hat, da hat er es ihm ins Gesicht gesagt, daß ihn die Schwester unter Kuratel stellen läßt, damit einmal ein End hergeht mit dem Luderleben.

Und der Bauer wird ganz weiß im Gesicht vor Wut und schreit, daß es alle Leute hören müssen: daß er seine Schwester leichter ins Zuchthaus bringen könnte, als sie ihn ins Narrenhaus und daß das der Dank wäre dafür, wenn man sich schlechte Menschen herfüttert, daß sie einen vom eigenen Hof hinausdrücken möchten. Und morgen früh fährt er in die Stadt und verkauft das ganze Sach an den nächstbesten Juden und die Schandarmen bringt er auch gleich mit.

Alle haben auf ihn eingeschrien, was das heißen soll, aber der Kaspar hat sich mit den Fäusten Platz gemacht und ist aus der Tür hinaus.

Am andern Tag in der Früh ist er wirklich in die Stadt gefahren. Bis sich das besoffene Gerede vom Abend vorher herumgesprochen hat, und bis wir recht gewußt haben, ob wir es ernst nehmen sollten, ist es wieder Nacht geworden und alles ist dann schon geschehen gewesen.

Der Toni hat im Morgengrauen den Bauern im Stall gehört und ist hinunter, nur in Hemd und Hosen. Der Kaspar hat auf seine Frage bloß wüst gelacht und gesagt, der Herr Schwager wird schauen, was für Gäste heut abend ins Haus kommen: für ihn, damit ihm der Schnabel sauber bleibe vom Hof, der Güterzertrümmerer und für die Schwester der Schandarm.

Der Toni, voll Herzensangst, bittet, so grausame Späße sein zu lassen, er faßt den Kaspar, der sich schon auf den Bock schwingen will, am Arm und sagt: »Kaspar«, sagt er, »als Kinder haben wir zusammen gespielt, sechs Jahr hab ich dir den Hof erhalten als Knecht und hab nie mehr wollen, als daß ich dableiben darf, deine Schwester trägt ein Kind von mir –«, aber der Bauer ist schon droben und greift nach der Peitsche. »Eher soll alles verrecken, als daß ihr Erbschleicher den Hof kriegt!« schreit er zurück und zieht aus und will gegen den Toni hauen, aber der Wagen ruckt an und er hat Mühe, sich auf dem Bock zu halten.

Das alles hat der Verteidiger vom Toni dem Richter und den Geschworenen erzählt und auch das andre, was noch kommt. Aus dem Toni selber ist während der Verhandlung fast nichts herauszubringen gewesen. Er hat bloß immer ja gesagt und nein. Er hat ein Mörder sein wollen, damit sie ihm den Kopf abschlagen. Das Leben hat ohne die Bauernarbeit, ohne die Heimat keinen Sinn mehr für ihn gehabt.

Er ist also damals in der Früh wieder in die Schlafkammer hinauf, die Walburga ist wachgelegen und er hat nur gesagt: »Erzähl!« Und da hat sie ihm alles gebeichtet und er hat wieder nur gesagt: »Auf dieser Welt kann nichts mehr gut werden!« Und dann hat er ein Messer genommen und es ihr mitten ins Herz gestoßen. Wie der Richter gefragt hat, warum haben Sie denn die Frau umgebracht, da hat er gesagt, weil sie mich so erbarmt hat. Aber der Richter hat das nicht begriffen. Der Toni hat die Leiche in der Kammer liegen gelassen und hat zugesperrt; dann ist er in den Schupfen hinunter und hat gewartet. Den Hackstock hat er mitten hingestellt und das alte Beil hat er in der Hand behalten. Zwölf Stunden lang hat er sich fast nicht gerührt. Wie ihn der Richter gefragt hat, an was er während der ganzen Zeit gedacht hat, sagt er, wie der Kaspar und ich als Kinder da gespielt haben, wie ich ihm sechs Jahre lang den Hof gehalten hab wie ein Knecht und daß ich von seiner Schwester ein Kind gehabt hätte, das einmal der Bauer geworden wäre. Sonst nichts? hat der Richter gefragt und hat es wieder nicht begriffen.

Um sieben Uhr ist der Bauer heimgekommen, allein und betrunken. Der Toni hat ihn im Finstern gepackt, ohne ein Wort zu reden, hat ihn auf den Hackstock gedrückt und ihm das Genick mit einem Hieb durchgeschlagen. In der kalten Nacht ist er den ganzen Fuchsbauernhof ausgegangen. Im hellen Vollmondlicht, im Februar, es ist ein bißchen Frühling schon gewesen. Über alle Felder ist er gegangen, den Wald entlang und an den See hinunter. Da hat er sich die Hände gewaschen, mit einem Brocken Erde, im eisigen Wasser. Nach Sonnenaufgang hat er bei mir angeklopft und sich gestellt. Ich habe ihn derweil in die warme Stube sitzen lassen. Wie ihn gegen Mittag die Landjäger haben holen wollen, hat er geschlafen, daß er schier nicht zum Aufwecken gewesen ist.

Der Regenschirm

Zu Pfingsten war damals ein blankes, brausendes Vorsommerwetter und kein Mensch hätte einen Regenschirm gebraucht. Die Witwe Afra Kögel aber war altmodisch genug zu glauben, eine rechte Reise sei ohne ein solches Rüstzeug nicht zu bewerkstelligen. Und so gab sie ihrem Sohn Jakob, der über die Feiertage nach Grafing fuhr zur Tante Berta, einer Vatersschwester, den neuen, guten Schirm mit, unter immerwährenden bösen Ermahnungen, ihn nirgends stehen zu lassen, ja, unter der heftigen Drohung, sie werde ihn erschlagen, wenn er das kostbare Stück nicht unversehrt wieder mitbrächte.

Der Bub machte mancherlei Ausflüchte. Er wollte den unerwünschten Reisebegleiter lieber gar nicht mitnehmen, aber er mußte wohl oder übel, die Mutter drückte ihm den Schirm in die freie linke Hand; in der rechten trug er den Koffer, ein verwetztes, billiges Ding, viel zu groß für die Siebensachen, die er barg. Aber es hofften beide, Mutter und Sohn, die Tante würde es auch bemerken, wieviel da noch Platz drin wäre für ein paar Pfund Schmalz und Mehl oder was sie sonst den ärmeren Verwandten schenken wollte, über die Guttat hinaus, daß sie den Jakob aufnahm für die paar Feiertage.

Noch im letzten Augenblick versuchte der Bub sich des lästigen Schirms zu entledigen. Er stellte ihn einfach in die dunkle Ecke des Hausgangs, rumpelte die Stiege hinunter und schlich, an der Mauer entlang, davon.

Aber da hörte er auch schon die gellende Stimme der Mutter, die ein Fenster aufgerissen hatte und ihm nachschrie, das könnte ja gut werden, wenn der Lauskerl den Schirm daheim schon stehen lasse. Und unter den Blicken und Zurufen der rasch aufmerksam gewordenen Nachbarschaft mußte er bis unters niedere Fenster des Oberstocks treten, und die Mutter schutzte ihm den Schirm zu, laut keifend die Drohung wiederholend, daß sie ihn umbringen würde, wenn er ihr ohne den Schirm wieder unter die Augen träte.

Der Bub lief davon – eilig, schamvoll geduckt; er schlenkerte den Koffer, er hielt in der verkrampften Hand den Regenschirm, diesen lächerlichen und gefährlichen Schatz, den er zu hüten hatte, diesen tückischen Teufel, nur gemacht, ihm seine Ferien zu verderben, immer bereit, sich zu verstecken, dem Gedächtnis zu entschlüpfen, wie ers jetzt im Geist schon vor sich sah, der Jakob, der arme Kerl, der den Schirm schüttelte vor Wut und doch Angst vor ihm hatte und vor dem Unheil, das in ihm steckte.

Denn erbarmungslos würde die Mutter ihn schlagen; ein böses Weib war sie, und das sagten jetzt auch die Nachbarinnen, die beim Krämer standen und die Geschichte aufwärmten von Afras seligem Mann, der ein guter Mensch gewesen sei, nur daß er zuletzt getrunken hätte, aus lauter Gram über die Frau. Und ob das wirklich bloß ein Unglück gewesen ist, damals vor zehn Jahren, wie er im Auer Mühlbach ertrunken ist, das ist noch lange nicht ausgemacht. Die Afra aber ist seiner Zeit wenig getroffen gewesen: »Jessas Maria und Josef«, hat sie bloß gejammert, »muß das grad heut sein, wo er das gute Gewand angehabt hat und die goldene Uhr einstecken.«

Und die Frauen wandten nun ihr ganzes Mitleid dem Jakob zu, der mehr Schläge als Essen kriege, ein braver Bub, nur ganz verkümmert vor lauter Muffigkeit und Ungutsein der Mutter.

Inzwischen war der Jakob auf den Bahnhof gekommen, atemlos und gar nicht mehr zu früh; denn die große Uhr über dem Eingang tat gerade einen bösen Ruck, sie hatte eine von den zehn Minuten gefressen, die noch bis zum Abgang des Zuges waren, und viele Leute standen in Reihen vor den Schaltern, alle schon aufgeregt und auch unbeholfen mit ihren Rucksäcken und Koffern, ängstlich, daß ihnen nichts abhanden komme und daß kein Zwischenfall die eben anzutretende Reise störe.

Der Bub stellte sich hin, ward in den Engpaß geschoben, wußte nicht, wie er Schirm und Koffer tragen sollte und das Geld dazu, das er aus der Hosentasche geholt hatte und in der schwitzenden Faust preßte. Er stand jetzt am Schalter, schrie erregt und überlaut durchs Fenster hinauf, was er sich selber so oft vorgesagt hatte: »Sonntagskarte vierter Klass' nach Grafing!« – »Ort oder Bahnhof?« fragte der Beamte zurück. Der Bub wußte es nicht, noch einmal sagte er, ängstlich diesmal und flehend, das eingelernte: »Sonntagskarte vierter Klass' nach Grafing!« Ein Herr hinter ihm, mit einem brandroten Schnauzbart, in einer Jägerjoppe, mischte sich hinein: der Bahnhof sei weit weg vom Markt, ob er, der Bub, in den Ort wolle. Ja, er besuche die Tante Berta in Grafing, stotterte der Jakob. »Also Grafing-Markt«, entschied der Herr, und der Kleine legte das Geld klimpernd auf die Steinplatte, bis zu der gerade sein Kopf reichte. Der Beamte, brauenrunzelnd hinter der Brille, erklärte mit unwirschem Bedauern, das Geld lange nicht. Jakob stand hilflos da und rührte sich nicht. Er begriff dunkel, daß das mit anderen Worten heiße, daß er nicht fahren könne, daß er wieder heim müsse. Die Mutter habe ihm nicht mehr mitgegeben, klagte er weinerlich; und als der Beamte, unter der wachsenden Ungeduld der Nachdrängenden, mit herausgeducktem Kopf, mit einer Stimme zwischen Mitleid und Ärger wiederholte, es seien um fünfzig Pfennige zu wenig, sagte Jakob abermals, diesmal schon unter springenden Tränen, mehr habe ihm die Mutter nicht mitgegeben – als wolle er damit die ganze Verantwortung für diese peinliche Lage den Erwachsenen zuschieben.

Scheltende Stimmen wurden laut; in der Tat galt aller Zorn der Mutter, aber wirksam wurde er nur gegen den Knaben, weil andere Leute auch verreisen möchten und der Schalter dazu bestimmt sei, Gäste mit abgezähltem Fahrgeld abzufertigen. Da aber machte der Herr mit dem brandroten Schnauzbart dem Streit ein Ende, indem er aus der Tasche seiner schilfgrünen Jägerjoppe ein blankes Fünfzigpfennigstück fingerte und es zu den übrigen Münzen warf, lachend, wegen der paar Kreuzer werde doch niemand dem Buben seine Pfingstfreude verderben wollen. Jakob schaute den Herrn an, mit einem innigen und doch verwirrten Blick, zugleich griff er nach der hingeschobenen Fahrkarte, nahm seinen Koffer auf und stolperte hinweg. Hallo, rief der Herr ihm nach, deshalb brauche er seinen Schirm nicht stehen lassen, der Herr Professor, Schirmvergesser, so viel Zeit wäre schon noch; und er hing dem Buben, dem das Blut ins Gesicht schoß vor Scham und Aufregung, unter gemütlichen Späßen das schwarze Ungetüm über den Arm.

Jakob aber preßte den Schirm an die Brust, stammelte ein paar Dankschön! und Vergelts Gott!, zwängte sich durch die Sperre, fragte jedermann, wo der Zug nach Grafing abgehe. Und als er, durch einen Tunnel geschickt, wieder auftauchend, die lange Wagenreihe vor sich sah, schon dicht mit Reisenden gefüllt, da wollte er es noch oft und oft bestätigt wissen, daß er hier recht sei, ehe er einstieg und sich schnaufend und schwitzend auf ein bescheidenes Plätzchen setzte. Jetzt erst wagte er, zu sich selber zu kommen und mit scheuen Blicken aus dem Fenster zu spähen.

Schau, da kam auch der brave Herr, der jetzt ein Gewehr umgehängt hatte, einen Rucksack trug und einen munteren, hellbraunen Dackel an der Leine führte. Der Herr ging geradewegs auf den Wagen zu, es war ja auch keine Zeit mehr zu verlieren, denn der Mann mit der roten Mütze hob eine kleine, schwarze Pfeife an den Mund und tat ein paar gellende Pfiffe. Mit einem heftigen Rumpler fuhr der Zug an und »Hoppla!« rief der Herr, der gerade im Gang stand und durch den Ruck aus dem Gleichgewicht kam, so daß er sich mit hartem Griff an der Schulter des Knaben festhalten mußte. Und zu seinem Hunde gewandt, meinte er fröhlich, beinahe hätten sie – und er bezog den Waldl mit ein – ums Haar hätten sie das Büberl zerdrückt, aber es sei noch einmal gut hinausgegangen.

Der Knabe aber stand auf, um dem Herrn Platz zu machen; es gab sich jedoch, indem die andern Fahrgäste zusammenrückten, daß die Bank für beide noch langte und den Hund obendrein, der, halb auf dem Schoß seines Herrn, mit seiner Schnauze schier an des Jakobs Gesicht streifte und auch wirklich immer wieder versuchte, ihm die Wange zu lecken. Über den Ermahnungen des Besitzers, derlei Unfug zu lassen, der freundlichen Versicherung, daß der Waldl nicht beiße, begann ein Gespräch des ganzen Abteils. Der Kleine, zutraulich werdend, streichelte den Hund, ohne freilich seinen Schirm auszulassen, den er mächtig vor sich aufgepflanzt hatte. Diesem Schirm wandte sich bald der gutmütige Spott der Fahrtgenossen zu; wo das Mordstrumm Parapluie mit dem Knirps hinwolle, ob er damit Heuschrecken fangen möchte, und da müßte er, lachte der Herr, ja aufpassen, denn sonst ginge es ihm wie seiner seligen Großmutter. Und er gab die Geschichte zum besten, wie die alte Frau vertrauensselig die großen grünen Heupferde, die er, als Kind damals, von den Wiesen gegriffen hatte, bösblickende, zangenmäulige, strampelnde Gesellen, in ihrem neuen, grauseidenen Sonnenschirm beherbergt habe. Als sie aber des Abends, heimgekehrt, den Schirm aufspannten, um die Burschen in einen gläsernen Gewahrsam zu überführen, da hätten nur faustgroße Löcher im Tuch gezeigt, welchen Weg in die Freiheit die Bestien genommen hatten.

Gottlob, es war nicht dieser, war nicht Jakobs Schirm, und der Bub lachte über die Geschichte. Aber die Gedankenverbindung von Schirm und Zerstörung genügte doch, um ihn gleich darauf wieder trüben, besorgten Blicks vor sich hinstarren zu machen.

Wie er heiße, wo er wohne, ob er noch in die Schule gehe und was er werden wolle, ermunterten nun mit ihren Fragen die Nachbarn das scheue Kind, und es gab zuerst einsilbige Antwort. Aber daß er ein Uhrmacher werden möchte, im Herbst, wenn er aus der Schule wäre, das sagte der Bub mit solcher Bestimmtheit und Freude, daß der Herr ihm wohlwollend auf die Schulter klopfte. Und es erwies sich, daß er selber einer war und nicht abgeneigt schien, den Jakob in die Lehre zu nehmen. Und als er gar seinen Namen auf einen Zettel schrieb und damit zeigte, daß es ihm Ernst war, da leuchteten die Augen des Buben, und die holde, tiefverschüttete Lebensgewalt der Jugend sprang quellend schön in sein blasses Gesicht.

Indes hatte der Zug soeben den Bahnhof Grafing erreicht; es gab ein rasches und fröhliches Abschiednehmen, der Hund bellte, alle halfen dem Kind beim Aussteigen und wiesen ihm das Bummelbähnchen, das schon schnaufend bereit stand. Den Schirm aber hielt Jakob fester denn je in der Faust.

Er habe auch so einen Buben gehabt, sagte der umgängliche Herr im Weiterfahren, und grad in dem Alter ungefähr, mit vierzehn, sei er ihm weggestorben, vor zwei Jahren – und er schaute wehmütig in die wälderflammende Landschaft hinaus. Und so gehe es auf der Welt, die einen müßten ihre Kinder hergeben und die andern wüßten nicht, was sie dran hätten. Denn, daß der Bub da ein liebes Bürschel wär, nur ganz verschreckt und wie eingefroren vor lauter Angst und Geducktsein, das sähe einer auf den ersten Blick. Aber er wollte ihn schon wieder auftauen, meinte der Herr und hatte jetzt nur Sorge, der Kleine könnte den Zettel verlieren und so den künftigen Meister nicht wiederfinden. Damit stand er auf, rückte den Hut und verließ den Wagen, zwei Haltestellen hinter Grafing. Und die Reisenden sahen ihn noch mit dem Hunde dem Walde zustreben.

Jakob war samt Koffer und Regenschirm wohlbehalten bei der Tante Berta angekommen. Die Vatersschwester, auch eine Witfrau in kargen Umständen, war gut zu dem Buben und freute sich, wie er aufblühte in den zwei Tagen, munter und gesprächig, wie sie ihn gar nicht kannte, immer wieder von dem Herrn erzählend, der das Fünfzigpfennigstück großherzig für ihn hingelegt und der versprochen hatte, ihn die Uhrmacherkunst zu lehren. Und nur mit Mühe konnte sie ihn davon abhalten, daß er nicht am heiligen Pfingstsonntag die alte Küchenuhr zerlegte, mit dem großspurigen Versprechen, sie wieder in Gang zu setzen. Kinder haben eben, so dachte sie, Lachen und Weinen in einem Sack, und sie sah es als gutes Zeichen, daß die Kümmernis seines schlimm bedräuten Lebens doch nicht tiefer eindrang in das jugendkräftige Herz und noch leicht abzuwischen schien, mit ein paar so frischen Tagen wie diesen. Und nur, daß der Jakob so weich war im Gemüt, das machte ihr Sorge. Denn wie sollte er so seine Mutter bestehen, die Afra, die zäh war und zornig und die schon den Mann zermürbt hatte, Jakobs Vater, daß er lieber als Trinker verdarb und ins Wasser ging.

Es war dann ein bitterer Abschied, wie der Bub gehen mußte, am Montag abend; und die Witwe, die selber nichts Überflüssiges hatte, gab dem Jakob mit, was nur in den Koffer hineinging. Und bloß der Gedanke tat ihr weh, daß auch die andere, die böse Schwägerin, sich gütlich tun würde an den Leckerbissen, die sie sich abgespart. Und einen mächtigen Strauß Pfingstrosen aus dem Gärtlein band sie auch noch zusammen, ehe sie den Buben zur Bahn schickte.

Am Abend dieses zweiten Pfingsttages brandeten überall die glühenden und blühenden Wellen der rückströmenden Ausflügler an die Bahnhöfe und überfluteten die Züge. Doppelt und dreifach wurden die gefahren. In Trauben hingen die Menschen sich an die Trittbretter; wie von schwärmenden Bienen war das Gewühl und der summende Lärm der Fröhlichen und der Müden. Wanderer und Radfahrer, Wassersportler und Schiläufer, Jäger und Fischer waren darunter, alte Männer am Stock und selige Liebespaare und junge Väter, ihr Söhnchen im Nakken reitend, Mütter, die welken Kinder wie Sträuße an die Brust gedrückt. Ja, und die Blumen selber: die prangende Pfingstherrlichkeit flog wie eine bunte Schleppe mit stadteinwärts in den schwarzen Zügen, in Kränzen von Feldblüten, in Büschen von Waldgrün, im Bruch der geplünderten Gärten.

Auch in Grafing waren die Bahnsteige voller Menschen, die in die große Stadt zurückwollten und nun ungeduldig, sturmbereit auf das Heranrauschen der Züge und das Aufleuchten der goldenen Lichter warteten. Denn es war schon später Abend; im Westen verglühte noch der erkaltende Tag, über den Scheitel des Himmels aber zog ins lichtere Blau hinein schon die Finsternis und die Sterne brannten auf.

Jakob stand hart an den Gleisen, als der Zug einfuhr. Er war aufgeregt und unschlüssig, wo er einsteigen sollte. Da hörte er sich angerufen und sah, aufblickend, den gemütlichen Herrn dicht über sich; er hatte sich aus dem Fenster gebeugt, in die milde Luft hinaus, auf den wilden Kampf der Andrängenden zu spähen, mit jenem Behagen, das einer empfinden mag, der sich selber geborgen weiß. Für einen Knirpsen wie Jakob sei schon noch ein Plätzchen frei, lachte er, der Bub sollte nur versuchen, sich hereinzudrücken.

Da stand nun der Kleine, indes der Zug anfuhr; und er war glücklich. Denn das war eine über alle Maßen beseligende Wendung gewesen, ein holdes Eingreifen des guten Geschicks, das ihn da aus seiner ängstlichen Verlassenheit zum drittenmal seinem neuen Freunde zugeführt hatte.

Und der Hund war auch da. Er schlief auf einem zusammengerollten Mantel, aber jetzt hob er den Kopf; und kein Zweifel, er erkannte den Jakob wieder. Und ein Fräulein, ein sehr nettes und freundliches Fräulein, das einen ungeheuren Margeritenstrauß in den Armen hielt, rückte ein bißchen zur Seite. Jakobs Koffer aber schwang ein vierschrötiger Mann leicht und hoch auf das Gepäckbrett, über einen Berg von Rucksäcken und Blumen hinweg.

Da durfte er nun sitzen, wieder nah bei dem Hunde, dem Herrn gegenüber, der sich den Bart strich und liebevoll zu ihm herübersah. Wie gut doch alle diese fremden Menschen zu ihm waren, dachte er, und eine Süßigkeit brach in ihm auf, als sei nun doch das Leben freundlichern Mächten untertan. Und er hoffte, der Herr würde abermals davon beginnen, wie er ihn zum Lehrling nehmen wollte; ihn verlangte nach einer neuen Bestätigung. Der Herr aber lachte, ein bißchen listig lachte er, schmunzelnd und recht behaglich und deutete auf den Strauß üppiger Bauernrosen in Jakobs Arm: Da sei ja, sagte er, ein Pfingstwunder geschehen, da habe sich ja, sagte er, der schwarze Regenschirm in rote Rosen verwandelt!

Regenschirm, Regenschirm. Der Bub saß da, starr und bleich. Ein schreckliches, aber dem Verstand wie dem Herzen gleich unfaßbares Wort war in ihn gefallen. Es lag in seiner Brust wie eine Sprengkapsel, es mußte ihn zerreißen, wenn es aufbarst in Begriffe und Gefühle: Regenschirm! »Um Gotteswillen«, sagte der erschrockene Herr und holte mit beiden Händen den völlig entgeisterten, stumm und tränenlos blickenden Buben auf seine Knie herüber. Ob er denn den Schirm stehengelassen hätte und wo, ob bei den Verwandten oder im Zug vom Markt zum Bahnhof oder ob auf dem Bahnhof selber. Und da fing das Kind zu zittern an, aber weinen konnte es nicht. »Ich weiß nimmer!« Es war viel zu hoffnungslos, um nachzudenken. Regenschirm, dachte es und sonst nichts. Nur hinter dieser schwarzen Wand brannte es von höllischen Feuern.

Noch einmal versuchte es, eindringlicher und fast streng, der Uhrmacher. Aber tonlos, aus einer tiefen Verzweiflung heraus, sagte der Bub wiederum: »Ich weiß nimmer!«

Der ungeschlachte Mann vom andern Ende der Bank, derselbe, der so hilfreich den Koffer besorgt hatte, horchte mit halbem Ohr herüber; ob der Bub seinen Schirm stehen lassen habe, das gebe ein Ohrwaschelrennen daheim und das wären fröhliche Pfingsten. Er stieß ein polterndes Gelächter durch seine Zahnlücken. Nun aber verwies ihm das Fräulein, das in ihren Blumen fast eingeschlafen war, den Buben so zu schrecken. Und was dem Herrn nicht gelungen war, das vermochte jetzt die Stimme, ja einzig die Stimme der Frau: der Kleine brach in ein schluchzendes Weinen aus, langsam schmolz die grausame Spitze seines Schmerzes. Der brave Herr, in dessen Joppe er hineinweinte, zog ein mächtiges, rotgewürfeltes Schnupftuch aus der Tasche und wischte die Tränen fort. Er solle aufpassen, lachte er – und er war ja selber froh, daß der Bub nicht mehr so glasig starrte –, ja aufpassen sollte er, daß es keine Überschwemmung gebe, da im Wagen herin, und daß es den Waldl nicht forttreibe in dem Tränenstrom. Und der Bub, der einen scheuen Blick hinüberwarf auf den Hund, der gerade aus dem Schlafe sich rührte, tat einen tiefen Schlucker und Seufzer. Und dann lächelte er, lachte und weinte in einem und strich leise über das Fell des Tieres. Der Herr aber nahm die Gelegenheit wahr, den Buben wieder auf seinen Platz zu setzen. Ermutigt durch die lösende Wirkung, die seine Späßchen getan, fuhr er fort und er meinte es jetzt nicht schlechter als vorher und scherzte, drei Tage lang beim strahlenden Sommerwetter, habe der Bub den Schirm mit sich herumgeschleppt und nun, bei einem solchen Platzregen von Tränen, habe er ihn nicht dabei.

Und als der Bub jetzt stiller wurde, nicht mehr weinte, da ahnte der Gute nicht, daß er in der kleinen Seele mit der bloßen Erwähnung des Schirms wieder den vollen Sturm heraufbeschworen hatte; nur daß, was zuerst eine nackte, grifflose Wand des Entsetzens von Hirn und Herz abgeschlossen, nun in hundert einzelnen Bildern und Gestalten hemmungslos durch ihn hinbrauste.

Jetzt dachte er, wo er den Schirm stehen gelassen haben

könnte, aber seine Erinnerung verwirrte sich. Er sah sich da und dort, durch diese drei Tage zurückgehetzt, mit Schirm, ohne Schirm, mit Schirm, ja, er sah den Schirm allein, in ein lebendiges Wesen verwandelt, als einen höhnischen Kobold umherhüpfen.

Er baute sich kleine Hoffnungen auf und zerbrach sie wieder: wie die Tante den Schirm entdecken würde, daheim friedlich an die Küchentür gehängt, wie der Schaffner in der Kleinbahn, der liebe, kleine Schaffner mit dem Zwicker an der Schnur schmunzelnd den Schirm finden würde im verlassenen Wagen: »Schau, das ist ja der Regenschirm des Putzelmännchens, gleich werd' ich ihn der Tante bringen...« Und jetzt wußte er auch: damals, als der Schaffner ihn Putzelmännchen nannte, hatte er den Schirm noch gehabt.

Aber er hatte ihn nicht mehr. Und seine Mutter würde nicht Putzelmännchen zu ihm sagen, nein, sie würde ihn anschauen mit argen Augen und würde fragen: »Wo ist der Schirm?« Und jetzt schon, und immer wieder, hatte Jakob diese schreckliche Frage zu bestehen; aber er konnte sie nicht bestehen, es gab kein Entrinnen.

Es war nun ganz still im Zug; die Menschen schliefen, rauchten, dösten vor sich hin. Von beiden Seiten flogen die Lichterketten der Straßen und Gleise der großen Stadt zu.

Es war heiß im Wagen; der Zug ratterte und rauschte hohl. Der vierschrötige Mann schnarchte mit offenem, schwarzzahnigem Mund, das Fräulein war ganz in ihren Margeritenstrauß gesunken, und auch der Herr war eingenickt; der Gemsbart auf seinem Hut schlug im Takt der stoßenden Räder.

Jakob saß wie in einer Verzauberung. Der Regenschirm, der Regenschirm, klang und schaukelte es, aber immer ferner, immer brausender. Dichter und dichter, wie steigende und fallende Dämpfe, wogte die Angst herauf, senkte sich die Qual hernieder. Lange, scharfe Messer blitzten durch, schnitten und stachen: der Schirm war nicht da. Dann schmerzten sie nicht mehr. Jakob war eingeschlafen.

»Wir sind da!« sagte eine gute, holde Stimme neben ihm. Er war nicht mehr auf dieser Welt. »Wir sind da!« hallte es in seinen Traum hinein; es war unendlich süß, sich hinzugeben.

Da ruckte er auf. Der Zug dröhnte. Die Menschen waren erwacht. Sie holten ihr Gepäck und machten sich fertig. Sie sahen alle so fremd aus; keiner sprach zu dem andern. Gleich würde der Zug einfahren. Der Herr hatte sich ermuntert. Er hatte das

Fenster geöffnet und sich in die Nacht hinausgelehnt, in den immer dichter werdenden Glanz huschender Lichter. Das Fräulein war schon ein Stück gegen den Ausgang vorgetreten und der vierschrötige Mann holte gerade Jakobs Koffer herunter. Den Kopf werde ihm niemand abreißen wegen dem Schirm, sagte er geringschätzig; und wer denn gar so zu fürchten sei daheim, der Vater oder die Mutter?

»Die Mutter!« preßte Jakob hervor. Mit schrecklicher Wucht war in diesem einen Augenblick das ganze Verhängnis wieder auf ihn niedergestürzt, alle die kleinen Schächte des Lebens und der Hoffnung hatte es ihm eingedrückt. Jetzt, vielleicht am Bahnhof schon, unentrinnbar, ohne Gnade, mußte er Antwort geben auf die grausame Frage: »Wo ist der Schirm?!«

Die Gesichte in ihm überstürzten sich. Konnte nicht die Mutter tot sein, tot, für immer verstummt, der böse fragende Mund? Nein! Konnte er nicht krank sein, spürte er nicht das Fieber in sich, Hitze und Frost in jagenden Stößen, wankten ihm nicht die Knie? Nein. Konnte nichts geschehen, lieber Gott, was denn, irgend etwas, die Sterne vom Himmel, nein, er wußte nichts. Nichts. Unentrinnbar. Alles brauste.

Der Herr lehnte breit im Fenster. Der Hund fing zu bellen an. Das Fräulein hing, halb stehend, erschöpft über ihrem Strauße. Eine Stimme sagte tröstend: »Gleich kommen wir jetzt ins Heiabettchen!« Ein Kind weinte.

Jakob hörte und sah alles unter brandenden Wellen der Qual. Konnte sich ein so kleiner Mensch nicht so gering machen vor Angst, daß er verging? Nein. Er war da und der Schirm war nicht da. Nichts mehr konnte dazwischentreten. Nichts. Die Stadt war erreicht. –

Der Stoß war von schmetternder Wucht. Das Licht platzte in Flammen und Finsternis. Stille lag einen schrecklichen Augenblick lang schwer über dem ganzen Zug. Dann hörten die Menschen, langsam fast, ein gräßlich heranschwellendes Geräusch. Das Mahlen und Schmatzen ungeheurer Kiefer. Holz brach und barst, Fenster klirrten, Eisen knirschte und sprang. Nun hatte der malmende Biß auch Jakob erreicht und die, die mit ihm fuhren. Und jetzt tönte spitz und martervoll ein einziger Schrei des Schreckens und des Schmerzes die Wagen entlang, ein hohles, heulendes Wimmern. Und dann erst löste sich das begriffene Unglück in den schauerlichen Wirrwarr seiner Einzelheiten.

Jakob erwachte halb, vom Fackellicht und nahe rufenden

Stimmen. Er spürte einen fernen Schmerz, er hörte ein schluchzendes Wimmern von weit her. Schmerz und Klage, unscharf verschwimmend, näherten sich einander, schärfer, deutlicher, und jetzt schmolzen sie in ihn ein; er selbst war es, der in Schmerzen lag und stöhnte. Dann wieder sprang alles weg, huschend wie Schatten.

Er sah, wie fremde Männer das Fräulein fortführten; es hielt den weißen Margeritenstrauß fest in den Händen und weinte bitterlich. Und große, rote Tropfen fielen auf die Blumen. Der Herr aber schaute immer noch zum Fenster hinaus, obwohl er, Jakob, hier lag und obwohl die fremden Männer das Fräulein fortführten. Das Fenster freilich schien so seltsam schmal; und alles war so schief und wirr, wie in der Hexenschaukel damals auf dem Oktoberfest. Und es wurde ihm auch schon wieder so schlecht. Er hörte noch eine Stimme: »Was ist denn mit dem Buben da?«

Er wurde wohl fortgetragen. Wohin? Er wandte den Kopf und jetzt schaute ihn der Herr an, aus dem Fenster gebeugt, und er lachte. Und die Hand hatte er ausgestreckt. Ja, er würde schon kommen, und ein Uhrmacher werden. Aber wo war der kleine Hund geblieben?

Die Witwe Afra Kögel hatte bis um elf Uhr auf die Heimkehr ihres Sohnes gewartet. Sie saß bekümmert in der kahlen Küche im grellen, ungeschirmten Licht und flickte an einem Hemd. Sie hatte keine Zeit gehabt, Pfingsten zu feiern. Einer armen Witwe, die tagaus, tagein am Waschtrog steht, kommen ein paar Feiertage gerade recht, um daheim Ordnung zu schaffen. Nichts wie Sorgen hat man, so allein in der schlechten Welt, und da sollte man nicht selber hart werden, wenn es einem so hart gemacht wird. Und wo kommt die Wirtschaft hin, wenn man nicht pfenniggenau ist und alles zusammenhält? Und gar mit einem heranwachsenden Buben wie dem Jakob. Der ist dem Vater nachgeraten. Viel zu weich und schusselig, und der wird dann auch einmal ein Säufer wie der Vater. Aber die Leute mögen ja natürlich solche lieber, die sich so gehen lassen; und ihr hängt man's an, sie hätte den Mann ins Wasser getrieben. Dem Buben freilich wird sie's schon zeigen, dem Duckmäuser; und wo bleibt er nur? Meinetwegen, wenn ihn die Schwägerin noch einen Tag füttert, ihr soll's recht sein. Wenn er bloß den guten Anzug nicht zerrissen hat und den neuen Schirm wieder richtig mit heimbringt.

Und mit Seufzen löschte sie das Licht und legte sich ins Bett;

aber sie hatte schlimme Ahnungen und die Sorge um den Schirm ließ sie lange nicht schlafen. Vielleicht wäre es besser gewesen, ihm den Schirm nicht mitzugeben. Ja, aber wenn er dann in ein Gewitter gekommen wäre und es hätte den guten Anzug so angeregnet, daß er ganz zusammengeschnurrt wäre vor lauter Nässe?

In dieser Nacht also träumten drei Menschen, eben die drei, die es anging, von dem Regenschirm. Die Tante Berta träumte von dem Schirm, den sie eine Viertelstunde nach Jakobs Abschied, mit stockendem Herzen, an der Küchentür hängen sah und den sie laut jammernd und so schnell ihre alten Füße sie zu tragen vermochten an die Bahn getragen hatte, ohne ihn doch dem Buben noch geben zu können; denn der Zug stampfte schon den Berg hinauf.

Die Mutter träumte von dem Schirm und sie sah die drei blanken Markstücke, die sie hingelegt hatte, um ihn zu erwerben. Sie sah aber auch, wie der Bub mit dem Schirm in Mauslöchern herumstochert und mit der Krücke nach Zweigen angelt, und sie sah, wie er den Schirm stehen läßt, der vergeßliche, windige Lausbub, mitten im Wald, wo er nie mehr gefunden wird.

Und der Bub träumte von dem Schirm; er sah sich heimkommen und vor die Mutter treten, zitternd, vor die Frage, die schreckliche, unabwendbare, ausweglose Frage, und er fühlte den unbarmherzigen Blick und die harte, zum Schlag bereite Hand. Aber da, in der tiefsten Erniedrigung des Bettelns und Lügens, in der lähmendsten Angst weiß er plötzlich, jubelnd, voll himmlischer Beredsamkeit den Ausweg der Gnade: »Mutter!« ruft er, und ist des leuchtenden Blicks schon gewiß und die Hand, die dem Schlage wehrt, ist nicht seine, ist eines Engels Hand: »Mutter, die Züge sind zusammengestoßen und ich bin da!« Aber ungerührt und finster sagt die Mutter: »Wo ist der Schirm? Geh und bring mir den Schirm!« Und er geht zurück in die Hölle der Vernichtung, ganz geisterhaft geht er und geht; aber da lacht plötzlich der gute Herr, ob er denn nicht wisse, daß er den Schirm gar nicht mitgebracht habe, sondern lauter rote Pfingstrosen.

Am Dienstag in aller Frühe brachte ein Mann einen kleinen Koffer vor die Tür der Witwe Afra Kögel und fragte sachlich ernst und doch bebend vor verhaltner Erregung, ob sie dieses Gepäckstück als ihr Eigentum anerkenne. Der Koffer hatte zwar ein paar Schrammen und einen großen, sonderbar dunklen Flecken, aber es war derselbe, den ihr Sohn Jakob mit auf die Reise genommen hatte. Dann müsse er ihr mitteilen, sagte der Mann, daß heute nacht ein schweres Zugunglück vor dem Bahnhof gewesen sei und daß der Besitzer des Koffers, also ihr Sohn, verletzt im Krankenhaus liege, im Zimmer sechzehn im zweiten Stock.

Die Frau schaute wortlos den Mann an, der ihr die traurige Botschaft gebracht hatte. Der stand noch ein Weilchen unschlüssig und hilflos; er fand die rechte Art nicht, sie zu trösten, und so wandte er sich lieber zum Gehen. Die Witwe aber, aus der Betäubung erwacht, rief ihm nach. Ob er dort, fragte sie bekümmert, wo er den Koffer gefunden, nicht auch einen Schirm gesehen hätte, einen guten, fast neuen schwarzen Regenschirm. Und sie machte sich daran, das kostbare Stück eingehend zu beschreiben. Der Mann aber, der auf einmal sehr verfallen und übermüdet aussah, machte, sich wieder der Frau zuwendend, eine abgründige Bewegung mit der Hand, und, so könne nur fragen, sagte er, wer den Zusammenstoß nicht gesehen; und bis fünf Uhr früh hätte er in den Trümmern gearbeitet und mehr als einen Toten herausgetragen und auf den Kies des Bahndamms gelegt. Was aber an Gepäckstücken noch gefunden worden sei, erklärte er, wieder dienstlich in Ton und Haltung, das sei alles in das Leichenhaus auf den Friedhof geschafft worden und vielleicht sei auch der Schirm darunter. Im übrigen würde, und das sagte er jetzt mit kalter Schärfe, als spürte er plötzlich und nachträglich den ganzen Frevel ihrer Frage, würde ein solcher Verlust, wenn sie ihn anmelde, von der Bahnverwaltung gewiß ersetzt werden. Die müsse jetzt für ganz andere Schäden aufkommen, gar nicht zu reden von dem, was mit allem Gelde der Welt nicht mehr gut zu machen sei.

Und in zorniger Erbitterung stieg er die Treppe hinunter.

Die Witwe Afra Kögel rüstete sich, ihren Sohn zu besuchen. Im Krankenhaus war es nicht still wie sonst; viele Menschen warteten fragend und weinend in den Gängen und vor den Türen, stärker war der Geruch der scharfen Säfte, und niemand nahm sich Zeit, das blutige Handwerk zu verbergen, das hier getrieben ward. Eine Schwester wehrte der Frau den Eintritt in das Zimmer. Es seien gerade die Ärzte da, sagte sie milde, aber bestimmt, in zwei Stunden frühestens möge die Mutter wiederkommen. Und da sie fühlte, daß die Bejammernswerte noch etwas auf dem Herzen habe, suchte sie nach einem Wort des Trostes: die Frau möge zu Gott beten, der alles noch gnädig wenden könne, und des Sohnes Zustand sei ernst, aber nicht ohne Hoffnung. Ob der Bub, fragte die Witwe leise und demütig, wie sie ihn gebracht hätten, nicht einen Regenschirm – »Nein, nichts, gar nichts«, schnitt die Schwester mitleidig ab und drängte die Mutter fort. Wie kann doch, dachte sie, der jähe Schmerz ein armes Gehirn so völlig verwirren, daß die Mutter nach einem lächerlichen Ding sich erkundigt, indes ihr Sohn im Sterben liegt!

Die Witwe stand auf der Straße und hatte zwei Stunden Zeit. Ob sie wollte oder nicht, es trieb sie zum Friedhof; dort, hatte der Mann gesagt, sei alles Gepäck aufbewahrt, und er hatte selbst zugegeben, es sei nicht ausgeschlossen, daß sich der Schirm darunter befinde.

Sie kam ungehindert bis dicht an das Totenhaus und gewahrte mit scheuem Blick die schrecklichen Zurüstungen zur Aufbewahrung der Leichen, die in rasch bereitgestellten Särgen, in Laken gehüllt, in eine ungewisse Dämmerung von Lorbeer und Blumen weggeschafft wurden. Aber näher sah ihr suchendes Auge einen verstreuten Bestand von besudelten und zerstörten Rucksäcken, Köfferchen und Kleidungsstücken, mit deren flüchtiger Ordnung sich soeben einige Leute beschäftigten. Ein älterer Mann mit einer grünen Dienstmütze band gerade Stöcke zu einem Bündel zusammen. Es war auch ein Schirm dabei, aber ein heller, grauer Sonnenschirm und nicht der ihre. Ein Beamter trat auf sie zu, ob sie jemanden suche; nachdem sie Namen und Umstände genannt, antwortete er, eine Liste durchblätternd, er könne ihr die zwar immerhin betrübliche, in Ansehung der Verhältnisse aber dennoch tröstliche Mitteilung machen, das Kind liege, wenn auch verletzt, so doch vorerst gerettet, im Krankenhaus, Zimmer sechzehn, zweiter Stock. Da tat die Frau, als höre sie das zum erstenmal, nickte und ging. Sie hatte keinen Mut mehr, den Beamten nach dem Schirm zu fragen, wie sehr er ihr auch am Herzen lag. Im Weggehen hob sie einen vollen Büschel Lorbeer auf, der achtlos auf den Boden geworfen schien. Sie wußte nicht, wozu er ihr dienen würde; aber es verdroß sie, daß das kostbare Gezweig hier verderben sollte. Doch warf sie das Blattwerk sogleich wieder fort, als sie sah, wie es dunkel glänzte von frischem Blute.

Sie stand jetzt wieder auf der Straße, und es war noch keine Stunde vergangen. Sie ging nun doch dem Bahnhof zu und der

Unglücksstätte. Der Weg war nicht schwer zu finden; denn Tausende von Menschen strömten hinaus, zu Fuß, im Wagen, mit dem Fahrrad. Bald aber ward der Menge Einhalt geboten. Schutzleute und Ketten von Soldaten sperrten das Gelände ab und die Frau konnte nur, zwischen Hüten und Helmen hindurch, das schwarze Gewirr der Trümmer erspähen, das friedlich grauenhafte, das aus der Ferne fast spielerische, an diesem reinen Frühsommermorgen. Die Toten und Verletzten seien alle weggebracht, riefen die Polizisten unaufhörlich in die Andrängenden hinein, Auskunft werde den Angehörigen im Wartesaal erteilt, das Gepäck befinde sich auf dem Friedhof. Hier habe niemand etwas zu suchen.

Dies war wie auf sie allein gemünzt, spürte sie, als es ihr ein Wachtmeister, scharf vor Überanstrengung, dicht und drohend ins Gesicht schrie, ohne sie freilich zu meinen, und es erschreckte sie, daß gerade sie hier nichts zu suchen hätte. Da folgte sie wie einem persönlichen Befehl und ließ vorerst die Hoffnung fahren, noch zu ihrem Eigentum zu kommen. Überdies war es an der Zeit, sich im Krankenhause wieder einzufinden.

Jakob wachte auf, nur für einen kurzen, klaren Augenblick. Er war wie völlig ausgeruht, leicht wie ein Federfläumchen und ganz ohne Schmerz. Am Bett aber saß die Tante Berta, auf die Nachricht von dem Unglück eilig herbeigereist; und in der Hand hielt sie den Regenschirm, den sie mitgebracht hatte. Da ging ein Lächeln und ein Leuchten über Jakobs Gesicht, und er griff nach dem Schirm, der kein Unhold mehr war, sondern ein trostreicher Gast, geliebt und willkommen, ein starker und sicherer Führer in die Finsternis.

Und nun trat auch die Mutter ein. Sie sah zuerst – und es konnte gar nicht anders sein – den Schirm liegen, groß und schwarz auf der weißen Bettdecke. Da lag er, unversehrt, der Regenschirm, den sie vergeblich gesucht hatte. Und da mußte ja auch ihre erste Frage sein, wo denn der Schirm herkomme; und die Schwägerin gab Antwort, ohne Arg, der Bube habe ihn draußen bei ihr stehen lassen. Die Mutter sagte nur: »So!« und sonst nichts. Aber es waren Himmel und Höllen ihres armseligen Herzens in diesem einen Wort und der Widerschein vieler Gedanken zog über ihr Gesicht. Die Tante Berta aber hatte all das schon nicht mehr wahrgenommen. »Schau nur, der Bub«, flüsterte sie in einer jähen Angst und beugte sich vor. Da sah es auch die Mutter, daß Jakob spitz und fahl wurde. Und sie wußte, daß er jetzt tot war.

Und somit schloß sich der Kreis, der ein kleines Schicksal geheimnisvoll an ein großes knüpfte. Denn, daß der brave Herr nicht mehr gelacht hatte damals, sondern tot war und mit Schweißfeuern aus dem Fenster hatte geschürft werden müssen; und daß das blumenfrohe Fräulein die schweren, entstellenden Narben auf der Stirn trug, seitdem; und daß das gräßliche Unglück mitten im jubelnden Mai viele Gräber aufgetan hatte – das waren ja schon andere Geschicke, vielfach ineinander verflochten und doch so fremd wie alles in diesem rätselhaften Leben.

Literarische Entwicklung

Wer immer hört, mein Vater sei Schriftsteller gewesen, der meint, viele Bücher hätten mich von Kindesbeinen an begleitet. Nichts da – außer einem verstaubten Lexikon gabs kein Buch, erst später bekam ich einen Karl May oder die ›Deutschen Heldensagen‹; diese wurden von der ganzen Familie – ausgenommen mein Vater – gelesen und mit Tränen benetzt. Mein Großvater besaß drei Bücher: eins über Münzen, einen Prachtband über China, den ihm ein Vertreter aufgeschwätzt hatte, und die Kulturgeschichte von Otto Henne am Rhyn, die wir aber nur an Sonntagen feierlich betrachten durften.

Hingegen gab es Berge von Zeitungen, eine Kopierpresse und einen »Schapirographen«, auf dem wir die Blätter mit Notizen abzogen, die ich dann schnellfüßig in die finsteren Höhlen der Redaktionen trug. Nichts hat sich in siebzig Jahren, auch in München, unter der Hand so geändert wie die Presse und ihre Mitarbeiter – besonders das »Lokale«, das noch weithin ein freies Jagdrevier war.

Als Kind schon war ich fest entschlossen, ein Zeitungsmann zu werden, und früh war ich tätig; sei es, daß ich eilig meinem Vater meldete, daß ein Droschkenpferd gestürzt war (was damals noch ausführlich gedruckt wurde), sei es, daß er mich in eine Veranstaltung schickte, bei deren Leiter ich erkunden sollte, ob alles programmgemäß verlaufen sei.

Furchtlos stieg ich, als Münchner Kindl verkleidet, aus einem Riesenkrug, um, in meines Vaters Versen, eine oft tausendköpfige Versammlung zu begrüßen. Zehn Jahre später, das sei hier vorauserzählt, war ich zu schüchtern, auch nur ein paar Worte öffentlich zu sprechen, weitere zehn Jahre später begann ich, angstvoll an den Text geklammert, meine Dichterlesungen, inzwischen sind es, Tischreden und dergleichen mit einbezogen, tausend und mehr geworden; sie haben mich durch das ganze deutsche Sprachgebiet bis hinunter zu den Siebenbürger Sachsen geführt, sie waren reich an Erfolgen, aber im Krieg und Nachkrieg noch reicher an beängstigenden Abenteuern.

Nach diesem Vorgriff wieder zurück in die Kindheit und Jugend. In Ettal dichtete ich den durchreisenden Prinzregenten an, verfaßte zu jedem Schulschluß eine – gottlob verschollene – Ballade und füllte ein liebliches Album mit lyrischen Gedichten.

Einen »Sängerkrieg«, im Grünen ausgetragen, hätte ich beinah verloren, wenn nicht dem Sieger ein glattes Plagiat nachgewiesen worden wäre.

Kurz vor dem Krieg, noch als Pennäler in München, verdiente ich mit einem bestellten Lobspruch mein erstes Goldstück. 1915 bekam ich für eine Anekdote vom ›Berliner Tagblatt‹ bare siebzig Mark, das verhältnismäßig höchste Honorar meines Lebens. Im übrigen waren die Honorare teils schäbig (zwei Pfennige für die Zeitungszeile!) teils fürstlich (hundert Goldmark für ein Gedicht in den »Fliegenden«, falls es ganzseitig illustriert wurde).

Während des Krieges und noch ein paar Jahre weiter – den ohnehin fragwürdigen Begriff der »goldenen Zwanziger« kann man freilich auf München nicht anwenden – gab es noch für einen jungen Dichter viele Möglichkeiten, sich bekannt zu machen. Im Hofgarten – aber nur am frühen Nachmittag im zweiten Café – versammelte sich vom Frühjahr bis zum Herbst fast alles, was Rang und Namen hatte; aber auch, wer nur im Verdacht stand, zu schreiben, wurde freundlich geduldet, falls er verstand, sich zwischen den feindlichen Klüngeln (etwa Bruno Frank – Alfred Wolfenstein) zu behaupten. Dankbar gedenke ich des liebenswerten Klabund, der als einziger sich ernsthaft meiner annahm und in meinem ersten, im »Jüngsten Tag« erschienenen Lyrikbändchen die »Hoffnung auf einen kommenden Stern« sah. Nicht ohne Wehmut kann ich daran denken, wie wenige der damals zukunftsfrohen Dichter heute auch nur dem Namen nach mehr bekannt sind.

In der ›Jugend‹ erschien im Mai 1915 mein erstes Gedicht – es ist also die eigentliche Geburtsstunde des Schriftstellers. Eine Reihe weiterer Lyrik-»Veröffentlichungen« aber erreichten die Öffentlichkeit kaum. Dramen und Prosa sind, ungedruckt, 1945 verbrannt, einige erhielten den Erzählerpreis der Neuen Linie – ohne daß das zu weiteren (Er-)Folgen geführt hätte.

In der Galerie Caspari konnte man Berühmte, wie Hugo von Hofmannsthal, kennenlernen; auch die Kutscher-Abende vermittelten Beziehungen zu Großen, unvergeßlich ist mir ein Nachtgespräch mit dem furchtsamen Riesen Theodor Däubler, der mich jungen Mann immer wieder fragte, ob seine Lesung gut angekommen sei; bei Papa Steinicke kamen die Jüngeren (auch ich) zum Zuge. Viele gastfreie Häuser gab es, der Urenkel Schillers, Freiherr von Gleichen-Rußwurm, lud zu großartigen Tafelrunden wie zu sehr ästhetischen Tees ein, dort bekam auch ich Fühlung zu Wedekind, Heinrich Mann und vielen andern – freilich, so unbekümmert wie die späteren jungen Leute fiel ich nicht den Meistern ins Haus. Trotzdem, wollte ich alle aufzählen, die ich kennenlernte (von Valentin bis Giraudoux), müßte ich ein eigenes Buch schreiben. Vor allem kam ich ja dann als Redakteur mit vielen Weltberühmten ins Gespräch, aber die Begabung, solche Beziehungen auszubauen, hat mir seit je gefehlt, ein »Genie der Freundschaft« bin ich nie gewesen.

Ein geistiger Schwerpunkt war die Jugendbewegung, einer der vielen Kreise war die »Werkschar« – Stefan George, zu dem wir durch Karl Wolfkehl Verbindung hatten (gesehen habe ich den »Meister« nur flüchtig), war unser Idol. Nächtelang redeten wir mit einer im nachhinein kaum noch begreiflichen Begeisterung in den Studentenbuden: »Wer je die Flamme umschritt, bleibe der Flamme Trabant!« – und wo sind wir geblieben? Auch Buddha und Oswald Spengler waren unsere Leitsterne; ›Der Untergang des Abendlandes‹ sollte dann allerdings ganz anders kommen!

Bedeutend wurde für die jungen Autoren die Gründung der literarischen Gesellschaft »Die Argonauten« durch Ernst Heimeran, unvergeßlich ist das Kerzenbankett zu Hans Carossas fünfzigstem Geburtstag – aber auch sonst fehlte kaum ein berühmter Name in der Vortragsreihe.

Als Hitler kam, war alles zu Ende, bis auf unseren »Stammtisch unter den Fischen« um Georg Britting, Paul Alverdes, Carl Hanser und Max Unold – auch diese Geselligkeit ist vorbei, wie ja auch der einst so großartige »Münchner Mittagsklub« zu einer kleinen Schar zusammengeschmolzen ist. Noch lebt der »Tukan-Kreis« als das letzte Licht des einst auch literarisch so leuchtenden München. Die »Bayerische Akademie der Schönen Künste«, nach dem Zweiten Weltkrieg gegründet, hat weltweiten Rang – aber wer die Liste ihrer Toten aufschlägt, der sieht mit Schmerz, wie viele Große dahingegangen sind.

Kurz muß ich meines Onkels Gege freundlich gedenken, des Dichters Gerhard Oukama Knoop, der, aus Rußland heimgekehrt, leider schon 1913 starb; er war mit Rilke, Thomas Mann und Ricarda Huch befreundet, nur diese habe ich wirklich erlebt; welche Möglichkeiten hätte ich haben können, »literarisch« zu werden.

Ganz kurz nur, weils alle Leser immer wieder wissen wollen: wie kam ich darauf, die Gedichte ›Ein Mensch‹ zu verfassen, die das »Große Los« meines Lebens geworden sind? Um 1930 begann ich, fast zufällig, das eine oder andre nur so hinzuschreiben – noch war ich ja hauptberuflich ein Zeitungsmann. 1933, fristlos entlassen, bot ich die »heiteren Verse« herum, nur der ›Simplicissimus‹ wagte, einen Verfemten zu drucken. Zehn Verleger lehnten ab, ein elfter in Weimar brachte das Buch heraus, schon bis 1944 erreichte es, vorwiegend durch die Soldaten, die Auflage von einer halben Million, jetzt hat es die ganze überschritten.

Weiter ist nicht viel zu melden; die literarische Presse hat, im wahrsten Wortsinn, kaum von mir »Notiz« genommen, aber »unzählige Dankschreiben«, meist wieder in der Form von »Menschgedichten«, auch aus dem Osten von Deutschland, beweisen mir, daß ich mich nicht vergeblich bemüht habe. Der sechzigste und der siebzigste Geburtstag (dieser mit hundert Hausgästen, Karl Richters herrlichem Cembalospiel und, mitten im Winter, Faßbier im Freien) zeigten, daß man in München noch Feste feiern kann. Seitdem ist es stiller geworden, wer so alt wird, soll sich nicht beklagen. Tempora mutantur et nos mutamur in illis – wir wandeln uns mit den Zeiten – aber sie tun das so schnell, daß ein Greis Mühe hat, noch ganz mitzukommen. Der Fünfundsiebziger ist freilich noch einmal ein schöner Tag geworden.

Wem dies alles zu langatmig scheint – er muß es ja nicht lesen –, dem sei gesagt, daß es nur ein winziger Bruchteil dessen ist, was ich zu erzählen hätte; vielleicht tu ichs noch, wenn ich dazu komme.